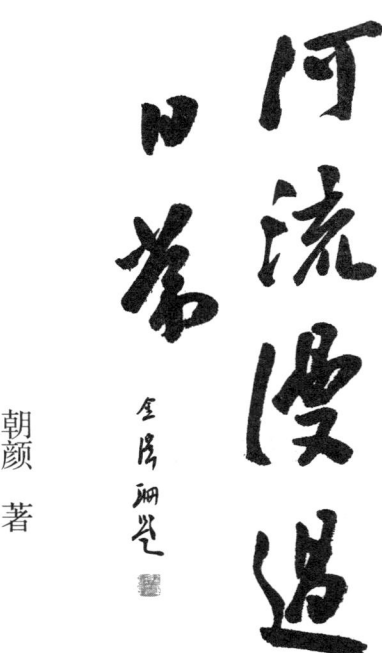

朝颜 著

图书在版编目(CIP)数据

河流漫过日常 / 朝颜著. -- 太原：北岳文艺出版社, 2025. 1. -- ISBN 978-7-5378-6946-1

Ⅰ. I267

中国国家版本馆 CIP 数据核字第 20248EQ197 号

河流漫过日常
HELIU MANGUO RICHANG

朝颜 / 著

//

出品人 郭文礼	出版发行：山西出版传媒集团·北岳文艺出版社
	地址：山西省太原市并州南路 57 号　邮编：030012
选题策划 刘文飞	电话：0351-5628696（发行部）　0351-5628688（总编室）
	经销商：新华书店
	印刷装订：山西人民印刷有限责任公司
责任编辑 左树涛	开本：787mm×1092mm　1/32
	字数：150 千字
装帧设计 张永文	印张：8
	版次：2025 年 1 月第 1 版
书名题写 金泽珊	印次：2025 年 1 月山西第 1 次印刷
	书号：ISBN 978-7-5378-6946-1
印装监制 郭　勇	定价：59.80 元
	本书版权为本社独家所有，未经本社同意不得转载、摘编或复制

没有一条道路不通往心灵

朝颜

写作《河流漫过日常》,前前后后历时近十年。也可以说,这部散文集并非刻意为之,而是一种自然生成。

无论从哪个角度来看,自然,都是构成这部书的关键词。全书二十一个篇章,所记述内容本身就是面向自然所得。从近处的赣南,到遥远的西藏,所有的抵达都和自然有关。其次,在写作过程中,我不愿意赋予它太多斧凿的痕迹,希望呈现出一种自然天成的状态,使这些文字足以和山川河流、自然万物相匹配。

河流是一切文明、一切乡愁生发的原点。我永远记得故乡麦菜岭村边的那条小河,我们在那里汲取饮用水,也在那里濯洗生活的尘垢,还依靠它浇灌田地里的作物、喂养家畜。

我们仰仗它，年年月月、世世代代地活下来，却由于这样的相处太过稀松平常，有时竟忘记它有多么重要。

在很久很久以后，我才意识到，自然总在给予，而人类总在索取。

整个的童年和少年时期，我都生活在麦菜岭这个小山村里，每天面对着无边无际的自然。我记得每家每户生存所需最重要的三件事：向河流要水，向土地要粮食，向山林要柴火。从我们的村庄向外走十几里或二十几里，就有多处密布的山林。小梅坑和山坑是我们惯常去砍柴火的地方。从小学三年级起，我就感受到了山林给我们带来的艰辛，但依然觉得目之所及的一切是那样美妙。淙淙的山泉、啁啾的鸟鸣、烂漫的山花、酸甜的野果、青翠的乔木和灌木，无不令我感到欣喜满足。

著名作家余华曾说："我一直认为童年的经历决定了一个人一生的方向。世界最初的图像就是在那时候来到我们的印象里……当我们长大成人以后所做的一切，其实不过是对这个童年时就拥有的基本图像做一些局部的修改。"

的确，童年是人生的底色。也许正因为我出生在山村，从小和自然亲近，成人后才会不停地听从内心的召唤，一次次向山川河流走去，一次次在追寻自然中看见童年的影子，并借此回到灵魂的故乡。

行走是我生命中极其重要的一部分。自从时间、精力和能力足以支撑我走向更开阔的世界之时,我就以长居地瑞金为圆心,不断地行走,不断地向外画圆,不断地扩大生命的半径。我所留下的那些文字,便可视作构成这个圆的点和线。

著名评论家谢有顺认为,在众多的文体中,散文是对人心最忠诚的守护。的确,散文作家的每一次书写,几乎都出自心灵的需要。我常常想,面对同一座山,为什么我记录下这些事物,而不是另外的一些?为什么我下一次去和上一次去,关注的东西又有所不同?即使和别人同处一个时空,我和他人所采取的角度也不尽相同。或许,我们的眼睛捕获的所有风景,都源自心灵的投射。

我走上这样或那样的道路,永远不知道下一秒会遇见什么。但是我知道,一定有不同的人、不同的事、不同的风景在等着我,会给予我不同的触动。在这个过程中,我见识到新的世界,也呈现出新的自己。很多时候,我不仅与一座山、一条河、一棵树、一丛草、一只鸟、一条鱼在人世间相遇,还能幸运地与它们建立起相知的关系。这个时候,当我写下它们,便是在解读心灵密码。与其说我在描述风景,不如说我在呈现风景中的自己。

在这些篇章中，有好几次我是带着女儿行走的。一个生长在城市里的孩子，自然野趣之于她必然难以企及。我总是千方百计地将她带进自然，希望弥补上天然缺失的那一部分。带她寻访万安县的竹林古村时，恰逢她的十八岁生日。原始森林里的山路极其难走，她在湿滑的溪涧里侧滑了一跤，想必这样的经历是终生难忘的了。果然，她在二十岁生日时写了一段话："十八岁，随母亲探访万安县的山顶村落。爬山的路还是原始的乱石，溪水溅满了裤腿。登顶很累，但山风吹过时，感觉一切值得。"那年暑假，我又带着她行走西藏。她的生日感悟里便又添上了这样一段话："同年夏天，在接近天空的地方，圆了一场雪域高原的梦。"

诚如董其昌所言："读万卷书，行万里路。"我关注自然，更关注个体生命在此过程中的领悟和成长。当我们回顾过往，扪心自问之时，最好的答案是：我读过的书，没有一本是浪费的；我走过的路，没有一里是多余的。

行走，是身体和心灵的双重跋涉。我以为，任何不走心的到此一游、走马观花都不宜强行为文。一个人感官在场、情感在场、灵魂在场，甚至经受了肉身的苦痛，这样的记录方显其意义。行走，带来的是视野的开阔、灵魂的洗涤。只有走向自然，才能更加看清自己在这个世上的位置，更加珍视当下、敬畏生命。

广义而言，人类挪移的每一寸都是被河流牵动的。在众多自然风物中，我尤其喜欢河流。以我浅陋的见识，几乎每一个村庄、每一座城市，都离不开河流的守护。它的不息流淌、它的婀娜灵动、它的自我洁净、它的万种包容，蕴藏着永远也言说不尽的内涵。它是形而下的，贯穿于人类生活的日常；它又是形而上的，每一滴水都折射着哲学之光。故而在写作这部书时，流动之水成为当之无愧的主角，如果阅读者由此产生被河流的气息灌满的感觉，那将是我的欣慰。

没有一条道路不通往心灵。山川如是，河流亦如是。就用梭罗写在《瓦尔登湖》中的句子作结吧："时间只是我垂钓的溪。我喝溪水，喝水时我看到它那沙底，它多么浅啊。它的汩汩流水逝去了，可是永恒留了下来。"

目 录

上辑 | 秋水长天

复活的石头 …… 003

大雪在东达山等我 …… 014

万安：寻幽记 …… 025

仙人的跫音 …… 051

跟一座山去修行 …… 059

用来想象的仙 …… 073

从一脉清泉开始 …… 081

奔流或安放 …… 089

湖　上 …… 098

河流漫过日常 …… 110

下辑 | 巴山夜雨

南方的无名岛	······ 125
人影幢幢，我在石柱	······ 132
向一道美食致敬	······ 155
丛溪庄园的白天与黑夜	······ 164
寻找山哈	······ 176
风把我吹到定海	······ 188
回望我们的橄榄树	······ 198
从鲁院的园子里经过	······ 205
一念思溪	······ 217
炊烟升起在营盘寨	······ 224
古老的居所	······ 230

上辑 | 秋水长天

复活的石头

一

复活,当我脑海中蹦出这个词语,并将它与石头组成一个短语的时候,心间不禁浮泛出异样的感觉。

它意味着恩施大峡谷的巨大石群有了生命,有了体温,有了前世今生,有了足以和宇宙自然对话的底气。的确,在亲历了大峡谷的鬼斧神工,为天地万物的神奇美妙惊叹之后,我仍惦记着那些石头。我翻看着那些图片,常常在夜深人静的时候想象它们仍站在我面前,与我窃窃私语。

确切地说,它们的前世,留在距地表几千米的深处。有谁知道在天蓝色的、表面平静、浩瀚的海洋内部,同样有高山,有峡谷,有裂缝,有嘈嘈切切的热闹景象?珊瑚分分秒秒地大量繁殖，又留下尸身；巨鲸日复一日地吞下活物，在深水中穿梭。我们眼下所见的石头，曾是海洋中静默的一部分，它们在缺氧的世界里被深埋、被藏匿，离人世太远太远。

是的，远在2.3亿年前，整个恩施地区还是一片平阔渺茫的海洋，巨厚的石灰岩还躺在海底睡大觉。它们从没想过，会有重见天日的那一刻。然而造物的神奇之处恰在于此，时间伸出它的魔幻之手，太多的不可思议像一个梦那样升起，渐渐变得隐约可见，变得清晰明朗，甚至变得像庄稼那样一茬茬地生长，成为阳光下明媚的一部分。

今天，我们无法重现海水从鄂西南退出的那一幕，也无法亲见剧烈的地壳运动如何将大片大片的石灰岩不断抬起、上升，形成雄壮的大山、姿态奇特的巨石。此后的亿万年，还有流水的冲刷，风霜雨雪的风化、剥蚀，阳光雨露，动物植物，所有的自然万象塑造着大峡谷的石头，使它们呈现出摇曳多姿的面貌。

从这个意义上说，真正唯美、雄奇、独特的事物，不是人力所能为之的，它一定是造化孕育的结果，正如恩施大峡谷的山以及山上各种各样令人叹为观止的石头。

二

入住大峡谷景区女儿寨酒店，一探窗，便被对面的山石所折服。莽莽群山，接连成片的石群隆起于山顶，高低错落，在苍穹之下构成一条没有规则的线条。云雾温柔环绕，绿树着意攀上身来，但它们仍保持着独有的刚硬和兀立。云一直在浮游，山顶上青灰色的石头，恍惚间就幻化出诸如猎豹、狮子等力量型动物，它们奔跑，成群结队，分不清哪儿是头，哪儿是尾。

一切仅仅是个开端。毋庸置疑，在峡谷的深处，一定有更为峻拔、更为奇特的石头，等着我与它们相认。

缆车在起伏的山间向上游走，不多时，便与一座"钢铁之城"劈面相遇。山石是林立的，一块块底部相连却又头部相离的石头的尖顶直刺天幕，像钢铁那样笔直、那样坚硬。我会想起张家界，想起那部著名的电影《阿凡达》。同样是喀斯特地貌形成的奇山怪石，恩施大峡谷其实毫不逊色张家界。坐在缆车上不停地拍照，无论镜头推远或拉近，取景是整体还是局部，似乎并不需要多么专业的摄影技术，每一个角度都足以构成一幅美妙的图画。

往远处望去，更多的石头笼罩在缥缈的云烟之中，亦真亦幻，恍若仙境。身体依靠机械的力量穿行在空中，那些高大而险峻的事物，隐秘而幽深的远方似乎触手可及。我常常产生一种幻觉，像一个衣袂飘飘的仙人，踏着云朵飞翔，足尖立于那高峰中的石头顶端，俯瞰芸芸众生。

事实上，我的灵魂早就脱离了肉身的羁绊，飞向那峡谷深处。

在景区的入口处，迎接我的果然是一片连着一片的石头。山路依着石头而开凿，用背架子背负重物的土家族妇女，有着石头那样的韧劲。从山脚到山顶，她们没有坐缆车，握着一根打杵当拐杖，徒步攀登。累了，并不坐下来歇息，只将手中的打杵撑在背架子下减轻重负，做一次短暂的打尖。一趟又一趟，她们将矿泉水和饮料运送上山，每次只得三十元的报酬。那些抬着滑竿的土家族汉子，在我们走路都气喘吁吁的时候，却健步如飞，晃晃悠悠中，连人带轿已直上云端。这些背妇和轿夫，长得并不高大，就像我们眼前随处可见的石芽、石笋一样，形态各异，却都结实硬朗，仿佛生来就与大山融为一体。

土家族，恩施大峡谷，留给我的印象更多的是神秘。恩施大峡谷被发现被开发，仅仅十余年而已。其实在2004年之前，这儿还叫沐抚大峡谷。据说，峡谷中有个叫木贡的村子，曾居住过一个古老神秘的民族。清王朝"改土归流"对之行不通，朝廷不得不在近处的马者设县署对其辖制，诏令他们进贡大米，皇帝则回赠礼品，于是这个村子便被称呼为木贡。沐抚，则是因这个神秘民族被清王朝征服以后，新建了一个集市取名沐抚，意即受到皇恩的沐浴和抚慰。我猜想，这个神秘的民族，应该就是今天的土家族了。

据说，我们所在的七星寨，是土家的土皇帝谌德坤修建的。小楼门、中楼门、大楼门、刹流洞、草皮千、鸡公岭、东云庙，七个惊险的寨门，每处都显出一夫当关、万夫莫开的险峻之势。因为惊险，又曾名为七惊寨。雄关险隘，土皇帝自立为王，干着杀人越货、强取豪夺的勾当。过去，多少土家百姓在黑土司和土皇帝的淫威下受尽磨难。直到土匪恶霸被彻底铲除，土家人才算过上了安生的日子。

这样一个古老的族群，他们是如何在这与世隔绝的苍茫群山中繁衍生息下来，在日复一日的劳作中创造了自己的文明？从"巴人"到"蛮"，再到"土民"，这些"毕兹卡"们，经历了怎样的流变和文化的汇聚？开山辟河、架桥铺路，现代工业的发展，使他们逐渐揭开了神秘面纱，以独特的生存状态呈现在世人眼前，并与其他民族汇成一道和谐的洋流。那么多的过往，那么多或艰难或光辉的生存史，留下了太多的历史之谜，就像这些从海洋中隆起的石头，已经没有人可以将其中的细节重新呈现了。只是，多少年过去，我们发现，他们身上依然保留着石头一样的坚硬和韧性。

恩施大峡谷的开发，一群特立独行的石头呈现，和一个古老隐秘的民族从落后与磨难中走出一样，不啻完成了某种意义上的复活。

三

对于年代久远的消息,人们往往习惯找到确凿的物证,以获得相应认知。然而在时间的暗流里,太多的事件和物体像浪花那样不断地闪现,又不断地消失。我们的历史被文字和史书喂养,一个许多年没有自己文字的民族,只有口口相传的语言和传唱至今的山歌,一点一点地将过往复活。

就像长阳土家族的民歌里唱到的那样:"有一个美丽的传说,精美的石头会唱歌……"生长在青山绿水间的土家族人,何尝不是与那些遍地开花的石头相生相依?他们守护着、敬畏着这些石头,与石头情感共通,也将太多的精神和向往寄托在大峡谷的石头上。甚至,当地百姓对石头的命名,也处处与土家人的生活气息相通。

走在大峡谷的步道上,不多时便发现一群与山体割裂的方形石柱。只见层层叠叠的石灰石从谷底升起,顶端托着一块漆黑的长方形石头,周身横纹密布、线条流畅,活脱脱就是一副巨型的棺材。象形生义,土家人把它叫作"悬棺高升"。我们知道,悬棺是土家族祖先——古代巴人的一种葬仪。土家人有高葬至孝的习俗,他们把死者葬于高山峻岭的悬崖之上,让亡魂接近神仙，接近天国，使之易于进入天庭。是天意还是巧合，我们无从探知。但我总是隐隐觉得，大峡谷的石头，具备了土家族的某种基因和密码。

大峡谷的镇谷之宝——炷香，150米高的柱体，兀立于山体之外，最细部分的直径只有4米，看似摇摇欲坠，却又风吹不倒，雨打不动。千年万年，它在峡谷里站成永恒，站成一道千古奇观。若以常人的思维去看待这一根高耸的石柱，总是希望找到科学依据，以揭秘其不倒的奥秘。我知道，已经有科学家从结构、材料、受力等诸多方面对其进行分析。事实上，相比于这些冰冷的没有生命的数据，我更愿意接受那些充满人性和神性的暗示。

同样是这样的一块石头，恩施的土家人却将它看作一炷救苦救难的平安香。

长久以来，在这块土地上，流传着一个感人的传说。相传在远古时期，土家人被雾瘴和毒物包围，生存艰难。天神知道后，便给当地百姓送了一炷香。他告诉人们，遇到灾难时，只要把香点燃，自己看到那袅袅的青烟就会来帮助他们走出苦难。后来，当地人心存感激，便把这炷香尊称为难香，也叫平安香。再后来，土家人已经脱离了苦难，这炷又细又长的难香化身为一根石柱，也就是我们今天所见到的一炷香。这炷香依然保持着又长又细的样子，每当晴空万里之时，一朵白云缠绕在峰顶，远远看去就像天上的香火。阴雨之时，水汽变成一层薄雾，轻纱样的雾，同样与香火的青烟相似。

再后来，我一路与各种附着了太多人类气息的石头一一遭逢——

被命名为双子塔的两块石头，状如芦笙，两相对称，外观几乎一模一样，多么像一对连襟的双胞胎弟兄，在世间两两相望。

那根形似一支倒挂毛笔的石柱，人们把它叫作玉笔峰。在恩施人的眼里，它就是玉皇大帝送给大峡谷的神圣之笔，记录着大峡谷的沧桑变迁。

玉女峰则被寄予了爱情的意味。一块高达210米的灰岩柱顶端，立着一个背着背篓的土家妹子。日复一日，她痴痴地望着远方，仿佛盼望心爱的人儿快些到来……

行走在恩施大峡谷，我不时被石头的变幻莫测以及它们内心的深情所打动。有时是一根逼真的拇指，有时是一对相拥相抱的情侣，有时是一对相依相偎的母子……它们为何生长出这样的状貌，我不能破译其中的秘密，但我仍然愿意将它们看作有生命的个体，有爱或者痛，有守望还有向往。

四

一块巨大的石头，当它孤独地伫立山顶的时候，还仅仅是一块石头，但是现在，它已经成为峡谷轩酒店的一个公民。

进入酒店午餐时，迎面撞见那块石头，山一般横亘在酒店大堂。我看出了它的霸气，但仍怀疑是不是像江南园林那样，故意安置的这么一座假山。然而导游告诉我，石头从来都是伫立在这个地方的，只不过，一座酒店依石而建，包住了它的身体。我惊异于这样的创意，在我的心中，这块石头从此便有了生命，有了人间的温度。夜深人静的时候，它会像酒店里的人一样做梦吗？它会发出低低的磨牙声或者含糊不清的梦呓吗？

当然，整个行走过程中，我遇到的、抚摸过的，更多是那些随遇而安的叫不出名字的石头。如果允许我命名，我会把它们当成活着的事物，比如蘑菇，比如笋芽，比如大象，比如长年静伏的乌龟；或者看作与生命相关的物件，比如火炬，比如葫芦，比如会发出声音的手风琴。

正是这众多的石头构成了巨大的石群，构成了一线天，构成了绝壁长廊，构成了回音谷，构成了叠叠的石林，构成了山路十八弯，也构成了大峡谷神秘的一部分。它们或坐或立，在大峡谷喃喃自语。石面上的青苔，以及一圈一圈的横纹竖纹，残留着海洋的气息，又挣脱了海洋的拘束，活出了自己的天空、自己的灵魂。

在这里，我们可以尽情地饱览喀斯特地貌的壮观、雄伟、秀丽，也可以竭力去想象石头风化、溶蚀、崩塌的时刻。有时候，我会望着寸草不生的千层岩发呆，那波浪一般层层叠加的纹理，是年轮吗，还是时间深刻的沧桑？每一条深黑的褶皱仿佛都收藏着远古的表情和语言，然而，我无法准确地触摸到。

试图回到三叠纪时期去寻找生物的密码显然已是奢望。

今天，我们只能站在被人力开辟的坦途中，仰望峭立的石头，那上面或密集或稀疏地生长着诸多绿植。我们还知道，在那密密的丛林中，必然还有鸟雀虫蚁、飞禽走兽正在建造自己的家园。一群石头的复活，一座大山的复活，必然携带着众多生命的集体复活。

当我站在石头旁边合影，在山谷石群间大喊时，总是不经意地感受到石头正以它们的方式在与我交流。它们会摊开身体供我休憩，也会以巨大的回音应和我。我甚至觉得，只要我伸出手来，它们一定也会与我握手言欢。

离开的时候，我猛一回头，望见头顶群石耸峙，像兽群奔跑而来。我被镇住，放弃了带一块石头回家的愿望。我不知道，如果与一块石头一同沉进夜里，会不会一不小心，就沉进了石头的秘密、石头的前世里，就像——

那晚，石头们开口说话。

月亮飘过深蓝色的池塘。

整个晚上，河流都在深呼吸。

……

大雪在东达山等我

一

天地苍茫,整个世界只剩下皑皑白雪了。

没有人知道,大雪从什么时间、什么地点开始启动了铺排的程序。它是如此慷慨,如此不管不顾,仿佛将天上的白云全都铺开在了人间。宽阔的公路、连绵的群山,往左看、往右看、往前看、往后看,皆是白茫茫一片。

此时正值盛夏,在赣南,我们的家乡,气温已高达40摄氏度,人们正在火炉中备受煎熬。

这一天,我们从芒康出发,经左贡,穿过了盘曲回环的山路,路过了藏族的村落,被草原上的帐篷、牦牛、河流吸引,被山巅上的云雾、森林、瀑布吸引,偶尔发出一声惊呼,或者一声无以言表的感叹。

事实上，我们并没有预见一场大雪的到来，即使我们有时候穿着短袖，有时候穿着秋裤，有时候还需要披上羽绒服保暖。我们还知道，冰雪是高原的常住居民。这一路上，总有一座连着一座的雪山迎面而来。

在行走川藏线318国道以来的有限经验里，雪山，一向是只可远观而难以企及的。

我不知道，大雪会坐在路的那头等我。

传说世界上有一条天路，通往西藏。现在，我们正奔走在天路上。这是一条笔直地通向东达山垭口的大路，它既缓且长，一眼望不到尽头，区别于在整个318国道上翻越的蜿蜒之路。

举目远望，云朵的白和雪山的白仿佛完全融为一体。天和地之间，唯被山峰那饱满修长的曲线画出了一条柔美的分界线。

我常常觉得，高原是离天空很近很近的地方。在藏区，每一座雪山都是藏民心中的神山，每一座神山都住着万能的神灵，有着动人的故事。虔诚的朝拜与忠实的信仰，使雪山蒙上了一层愈加神秘的色彩。

许多年以来，我抱定一个信念：西藏，是一生必去的地方。我希望领着我的孩子，行走在朝圣的路上，风尘仆仆，而内心富足。

有的人将艰难和危险告诉我，有的人因为害怕放弃了心中的梦想。他们不知道，为了这一次出发，我已经攒足了勇气，攒足了期待。

清晨，我们以馒头、稀饭填饱肚子。自成都出发进入318国道以来，除了夜间必要的休息，我们多数时间奔走在路上，一日三餐，变得简单而将就。我们的胃被一次次轻慢，然而我们却一天天地享受着视觉和精神上的盛宴。

一场铺天盖地的大雪，对一个南方人而言，无疑是一份异常丰厚的圣域之礼。

二

这是一场没有预谋的与雪山亲密接触的大戏。

行程单里并没有玩雪这一环节，我们没有理由要求领队的司机为我们停下车来。我以为我只是经过东达山，像无数次经过某一座山、某一条河那样，远远地观望，以"车游"方式记载我们的所见；或者，偶尔停下车来，站在刻有海拔高度的标志性建筑物面前，拍一张照，打一次卡，然后匆匆上车离开。

据说，川流不息地行走在川藏线上的人，并不是每个人都有幸见证一场大雪将东达山覆盖。在夏天，多数时候只有风，不停歇地吹过东达山，吹过一个个气喘吁吁的路人，吹过一张张干燥泛红的面庞。

我领着三个正值青春期的女孩,坐在一辆越野车上,听她们交谈、唱歌,玩诗词接龙游戏。整个的旅途,她们都以这样的方式打发在车上的无聊时光。

突然对讲机响了,传来前车司机马师傅的声音:"要不要停下来打雪仗?"

三个女孩瞬间停止了喧闹,她们准确地捕捉到了这个显然属于意外的惊喜,并立即用尖叫表达了她们的兴奋。

我握住对讲机,将女孩们的欣喜若狂传递给了马师傅,也传递给了坐在他车上的几位孩子的妈妈。

上午10时44分,我在朋友圈发了一条消息:"准备停下来打雪仗。"有人担心:"悠着点,这可是高原呢。"有人提醒:"小心'高反',高原上不宜剧烈运动。"

的确,东达山是我们整个行程中海拔最高的山,山体也最雄壮。它位于西藏自治区昌都市左贡县境内,垭口海拔实际高度5130米,是川藏南线上当之无愧的第一垭口。

最重要的是,东达山还有一个别名——生命禁区。山顶的空气含氧量只有平原地区的30%,山下的澜沧江河谷还是30摄氏度的炎炎夏日时,东达山垭口的气温已在零度以下。稀薄的空气、极低的温度,加上高原反应,令多数人望而生畏,不敢久留。

而我们,却要在这里打一场雪仗。

两辆汽车在东达山垭口的平台上停下来，我们几乎是冲出车子的，像八条急不可耐扑向丰盛食物的饿狼。绵延而辽阔的雪域，对我们构成了极致诱惑。从出生以来，我们亲历过的大雪屈指可数，更别说打雪仗了，更别说有一座无边无际的雪山任我们驰骋了。

我们像奔马一样跑向雪山，跑向那银装素裹的世界。这时候，恨不得自己就变成一个球，在雪地里尽情地滚啊、滚啊。我们那彩色的棉袄和围巾，多么像雪地里的鲜花，红的、绿的、蓝的、紫的……在茫无涯际的白布上夺目怒放。

然而最鲜艳的事物莫过于在雪山上铺开的经幡。在藏民心里，经幡上的红白黄蓝绿五种颜色，各有各的寓意，代表着他们敬仰的天地万物。经幡上，印有一行行的经文，当风吹过经幡，就像把布条上的经文念诵了一遍。风每念诵一遍经文，都是为人间祈福一次。

我们就在这经幡之下，任厚厚的雪没过我们的鞋子，任猎猎的风吹乱我们的头发，任稀薄的空气控制我们的呼吸……

什么也不管了，什么也不顾了，玩雪吧，只要大雪还在我们眼前，只要亲人还在我们身边。

三

在这个常人唯恐避之不及的生命禁区,像我们一样长时间停留的人不多。

多么好啊,此刻我们完整地拥有了一座气势磅礴的雪山。我们在雪地里疯跑、大笑,抓起雪团随意地朝每一个人砸去,忘记了自己的身份,抛弃了平日的矜持。打吧,打吧,使出浑身的解数打雪仗吧。我们知道,那些俗世里所有的戒律规约,都与这厚厚的大雪格格不入。

孩子们唱起了《冰雪奇缘》里的插曲 *Do You Want to Build a Snowman*,她们在雪地里画爱心,画笑脸,滚雪球,将白雪划拉在一起,要堆一个大大的雪人。这样的欢乐时光于她们而言,并不会太多。自从一头扎进校园,重重的书包、写不完的作业就伴随着她们成长的整个过程。

记得女儿上一年级的那个冬天,下了一场小雪。她像打了鸡血一般冲到操场上,不知怎么才能表达心中的兴奋。在此之前,她只在图画书里见过雪花,在童话故事里认识了雪人。她也想堆一个雪人,但雪太小了。

如今,时间欠她的一场大雪,在东达山遇到了她,拥抱着她,任由她尽情地赏玩,尽情地泼洒,圆她一个十八年不曾圆满的梦。

每个妈妈都在呼唤自己的孩子，用镜头捕捉孩子的笑脸，仿佛孩子的欢乐，远比自己的欢乐要有意义一百倍。

几个没带孩子出行的女伴将帽子抛向空中，制造出各种姿态拍照留影。美，是需要记录的，也是值得记录的。人至中年，每一天都是余生中最年轻的一天，遇见美景的每一瞬，都值得深深沉溺。

在家庭和事业的双重羁绊中一路走来，每个职场女性都背负着太多重担。这轻松自在的完全沉浸于自我的时光，太难得、太珍贵。

当热闹和新鲜劲儿过去，我静静地走到一个角落，在雪地里写下自己的名字，一遍一遍。或将手掌深深地埋进大雪，任那种砭骨的冷从手心一直蔓延到全身。

除了欢笑，我还要在这高原雪山上留下自己的足迹、气息、温度，还有灵魂被净化的私心喜悦。如此，我才真正地与海拔5130米的大山比肩，真正地与这场大雪有了生命的联结，真正地和这沁凉的雪、呼啸的风、低低的云融为一体了。

雪是圣洁的，同时又是冷酷无情的。在东达山上，我看不见一棵草、一匹马、一座帐篷。也就是说，没有一种生物，能够在这里恣意地活下来。世界上，总有一些地方，人类可以攀登，可以征服，却不可以长期生存。进入高原，我们学会的第一个词叫作敬畏。

置身于茫茫雪山，仰望无边苍穹，人显得何其渺小。所有的经验都告诉我们，在恶劣的高原环境下，不宜兴奋，不宜蹦跳，不宜大喊大叫，不宜剧烈运动。而这些，我们无一例外都做了。一切仿若梦境，仿若神迹。

上天如此厚待我们，没有一个人发生高原反应，没有一个人头晕头痛恶心，也没有一个人迫使大家缩短欢乐的时光。我们自由自在地待在这里，甚至没有吸一下氧。

好像风一直在为我们吹送氧气，好像那不停翻动的经幡一直在为我们祈祷。

四

雪山为证，我还需要记录下两个对我而言由陌生到熟悉的人。

领队马师傅是青海西宁人，当我们疯子一般在雪地里嬉戏时，他正蹲在雪地里，无比敬业地为我们拍照片、拍视频。他还会见缝插针地将拍下的素材制作成视频，一条一条地发布在他的朋友圈。

此刻，他只穿着一件短袖T恤。长年在高原上奔走，他说，不知道冷为何物。整个行程中，我们经历着春夏秋冬四个季节的温差交替，不停地添衣减衣，唯独他永远是一件短袖，以不变应对万变。

马师傅以旅游业为生。在他的朋友圈里，人们看到的总是美景、美人，还配有动听的音乐。这一路行来，我才知道光鲜的背后，现实中的他却是四处奔波，经历着各种艰辛和无奈。

如果能够日复一日辛苦地跑车，他应该还是很快乐的。可是最近两年，疫情让他的旅游生意举步维艰。就在我们出发去成都会合前，他与另一位师傅开车从西宁经兰州，跑了四五百公里，眼看就要进入四川境内，却被告知不能从那儿经过，只得强压下委屈和火气，掉头绕高速。最令他难受的是，此前没有一个告示，通知他们此路不通。费油、费钱、费时间，还有长途的辛劳，让他欲哭无泪。

"再这样干下去，老婆孩子都得跑了。"他半开玩笑半认真地说。

"熬吧，等这一段时间过去就好了。"我说。除了安慰，我不知道还能做些什么。

为了省钱，马师傅经常是安顿好我们住宾馆，自己就去挤七八个人一间的通铺。他从不跟着我们吃大餐，总是一块青稞饼、一碗兰州拉面就喂饱了自己。

活着，有多艰难就得有多坚忍。

我暗暗地想，一定要尽可能地为他多推荐些客源，只要奔跑在路上，总会有新的起色。

另一位在雪地上遇见的陌生人，却给予我一份别样的了悟和感动。

他姓顾，一位90后的年轻人，我姑且称他为小顾吧。我正蹲在雪地里写字的时候，他就在我的近旁吭哧吭哧地挖雪坑。

没有任何铺垫，我们很自然地攀谈起来。

小顾说，要将与一位姑娘的恋爱纪念物埋葬在东达山，埋葬在最圣洁的雪域中。而他，是一个患了癌症的人。他读懂了医生的判断，知道自己余生能享用的爱情和光阴，已经不多。

在抵达大雪山之前，小顾已经骑行了十一天，臀部也已磨破。每一天，他都在服药坚持，目的地是拉萨。所有人都反对他的冒险行为，包括那个姑娘。而他只是想，再不上路，往后就没机会了。

小顾对心爱的姑娘说，自己无法给予她更多的爱，剩下的时间，只够我去朝一次圣。此后，就让佛在人间爱她吧。

我默默地倾听着年轻人的讲述，不知不觉，泪水便浸湿了眼眶。我不知道他为什么要对一个陌生人说这么多，但是我对他伸出了手。两只冰凉的手，紧紧地握在了一起。两个陌生的人，从此不再陌生。

那一刻,我对人世的爱意多了一层理解,对不屈的生命又增添了一份敬意。

我想,当一场大雪在东达山等我时,活着并热爱着的一种力量,也在余生里等我。

万安：寻幽记

> 我走进丛林，是因为我想带着明确的目的去生活，以图直面生命的本质，以验证我是否无法领会它给予的启示，以免我在弥留之际，发现自己没有真正地生活过。
>
> ——梭罗《瓦尔登湖》

一

竹林古村是何时形成的？

有人说是宋朝，有人说更为久远，有人甚至翻开了家谱，指认出开基的先祖。无论如何推算，自从这一小块地域开始有了正常的群居生活与世代繁衍，少说也有一千年了。

在万安县境内的罗霄山脉深处，一座名唤竹林的古村，坐落在鲜有人迹的柏岩仙，仿佛远在世外，只是静静地安享这山间的霞光、日月、雨露，以及风声，仿佛一千年来，就为了等我去发现它、走近它、唤醒它，并将它的古朴之美捧到众人眼前。

万安多山，山外还有山，我是知道的。但山上还有一个伫立千年的古村，却是我闻所未闻的。

事情意外得像一首钢琴曲突然插入了一小段滋味悠长的箜篌。行程是早就定下的，而我却由于高铁仅一个班次可选，凭空比其他客人多出了半日的光阴。万安的作家周卫红在微信群里说，带你去一个没有开发的天然原始村落吧。

我是感激的，为这份懂得。出行的路上，周卫红悄悄告诉我，读过我诸多文字，知道我最是喜欢那些野性的、古朴的山水，那些未被现代文明强力改变的原初生活场景。

为这条多出来的寻幽路线，作家王芸也临时改签了高铁票，选择提前抵达，加入我们的队伍。从第一次同行采风开始，我与王芸便一见如故，彼此间有许多共同的兴趣，久之竟形成了某种无须言说的默契。

彼时恰逢女儿高考结束，在我的鼓动下亦同往。城市长大的孩子，离书房很近，离山水太远。故而自幼年始，每逢暑假，我总要想方设法带她远行，去云端下编织故事，去大海边挖掘奇迹，去想象每一座山、每一株树、每一条河与人世的联系。

人的一生，活得宽阔还是拘囿，终归有大不同。

而我，从山村到城市，已出走多年。生命的旅程再远，视野再宽阔，总也逃不开故乡以及少年时的经验诱惑。

小时候，我跟随在大一些的孩子身后，跋涉几十里山路，去深山里打柴，扛树，割芦芨，饮山泉止渴，采野果充饥，遇见许多不知名的鸟雀、花朵、果实，有兴奋，有疲乏，也有险象环生、死里逃生的经历。

只是那些苦、那些累、那些险境，日后全都成为戒不掉的回忆，以及无法抗拒的吸引。仿佛被山神指引，被一股神秘的力量牵扯，我无数次地想要往回走，往人迹罕至的山林走，重新听见各种怪异的鸟叫，让耳边充斥着绵密得推不开的蝉鸣，朝寻不见路径的高处攀爬，被一两丛茂盛的荆棘拦住去路，为突然撞见的满树山荔枝果喜不自胜……

古村寻幽之路，注定坎坷曲折。

我知道，选择了世人罕至之处，便要有承受艰难和征服险阻的心理准备。幸而，少年生活的艰苦，也成就了我的童子功：肢体灵活，亲草木，善攀爬，有耐力，能避险。

这些年，无论去什么景点，我必走完全程方得罢休。回头见诸多同道气喘吁吁，停在半路休憩，丧失了前行的勇气，我是替他们惋惜的。毕竟，往前一步，便有可能看见不一样的风景。

我也是理解他们的。终有一天，我的体力将不再允许我长途跋涉，攀登高峰，那么，在还能走动的时候，每出发一次，便是将生命的长度和广度又延伸了一次。

故乡，是我的基座。远方，是我的信仰。

补白（来自熊名斌的讲述）：

竹林古村的最早居民是两大姓，一为李姓，一为何姓，宋朝时因避祸隐居于此，开始了与世隔绝的生活。他们在此生息繁衍，逐渐形成一个自然村。后来不知何故，曾发展为大户人家的何姓与李姓慢慢没落，终至消失不见。而早先来到村里帮何姓人家做长工的许氏，却留下来，繁衍至今。现在，全村村民皆姓许。

时间的长河中，人类社会的发展既有恒定的规律，亦有无常的变数。芸芸众生，出生，死亡，血脉的连接；相遇，离别，时空的交汇，每个人的存在都充满了偶然。

二

村支书熊名斌提了一把砍柴刀，阔步走在前头。可以想象，一段路途对一把刀的需求,意味着什么。

夏日的午后,有阳光自高处倾泻而下。抬起头来,看不见目的地所在的位置,也看不见道路延伸的方向。

有时候,路是脚踩出来的;有时候,路是刀劈出来的。

山脚下,倒是有一座现代的村庄。村口有建筑样式颇为现代的别墅,屋宇前后,院落、铁栅栏、草地、花圃有序安置,空地上穿插栽种着桂树、月季、山茶花,也有一畦菜地,面积之大令人艳羡。

朝院子里望去,有一间敞开的屋子,专门用于家禽栖息。偌大的空间,鸡鸭鹅悠闲地踱着步子,有着不知忧愁为何物的自在气度。拐过屋角,猛然撞见一枚硕大的鸭蛋,安卧于屋檐下的沙窝里。每个人都小心翼翼,生怕踩坏了它。我知道,它的主人会在某个时候,不惊不慌地捡起来,脸上是风轻云淡的样子。像极了我在乡村的生活。遇见一枚鸡蛋,有时是在屋后的柴火堆里,有时是在门前迎春花下的草丛中,有时还会在熄了灶火的灶肚下。只是,那时候我的老家,没有这么漂亮的房子,更没有这样宽敞的鸡舍,家禽也便跟着我们,接纳下俭朴乃至简陋的生活。

前方的路渐渐上升,越来越窄,然而又让人感受到一种无处不在的包容,向左或向右,向东或向西,都可以成为方向,都有挨挨挤挤的万物值得亲近,或是以眼神交流,或是用心灵对话。此时的情状，多么像千古名篇《桃花源记》：

> 便得一山，山有小口，仿佛若有光。

我们要循着这道光，去寻找豁然开朗处的屋舍俨然、良田美池，还有黄发垂髫、怡然自乐、鸡犬相闻的生活。

一个身体前倾的稻草人孤独地站在杂草丛生的山谷里，着蓝衫，系绿围巾，戴白帽子，是张开双臂迎风而向的样子，仿佛在等待飞鸟的来临，并随时准备挥动衣袖。曾经的田地已荒芜，它守护过的庄稼无迹可寻。制造并使用过它的主人，也许早已忘记它的存在，只留下它以尽职的姿态站在这里，遗世独立。陪伴着它的，只有烈日、雨雪、荒野和无边的空旷。

正在攀登的这座山，便是柏岩仙。

山名有个"仙"字，要么是有仙人的传说，要么是貌如仙境。印象中每一次去往有仙山之名的地方，从来没有亲眼见过仙，但也从来没有失望过。山间总是诸多无法一一探明的隐秘，传说故事给予人的想象，大可在其中继续缭绕。

譬如竹林古村，在那高高的秘境，一切离喧嚣的凡尘那样遥远，将之想象为仙人居住的地方，又有何不可呢？

可以想见，一千年前，在这云雾缭绕的山腰上，想必是没有路的，即便有，多半也是鸟兽的路、虫蚁的路、山泉的路，草木寻找空间的路。那些最早踏上这条路的人,是不是也有飞檐走壁之功、征服走兽蚊虫之力呢?

一座山,那么宽广、那么深邃,人只是其中极渺小的一部分。牢牢占据着这块地盘的,想必还有许许多多的竹、密密麻麻的竹、盘根错节的竹。不然,何以将村庄命名为竹林村呢?

果然,一丛丛肆意生长的竹子牵引了我们的目光。竹,实在是繁衍能力极强的植物,它们将根茎伸向哪里,子孙后代便在哪里冒出头来。鸣蝉躲在竹叶背面,一声接一声不知疲倦地合奏起了夏日欢歌。

"流源悬高瀑,竹林叠仙山,好看的还在后头呢。"一名称职的村支书——熊名斌习惯性地念出了他无比熟稔的村庄"广告语"。

> 阅读(来自梭罗的领悟):
> 无论天气如何,也不论是白昼还是黑夜,我都满怀焦灼:想让生命光景中的关键时刻富于意义,并记之于手杖;驻足于过去和未来之间,这两段流向无限、垂之永恒的光阴的交汇点恰好是此刻,我就以此为起点开始生活。

阅读和行走,是一个人开拓自身局限的最佳方式。我们在文字的世界里构建理想国，又在无垠的旷野中印证现实与想象的距离。桃花源也许永不存在，但不影响人们一直的向往、追寻。

三

淙淙的山泉声一波一波地撞击着耳朵，还未靠近水边，清凉之意便已侵身。女儿兴奋地跳跃着往前走，脚步停驻于一潭清幽的泉水边。

水边是肆意生长的芦苇、缠缠绕绕的青藤，还有湿漉漉的菖蒲。围绕着一道山泉生长的众多草本或木本植物，因水的慷慨滋养，显得格外油绿。

这样的山泉与我少年时进山的遇见何其相似。热了，捧起山泉水洗一把脸；渴了，直接就将嘴凑上去咕嘟咕嘟地喝个饱。我是那样信任山泉之洁净，想象它从盘古开天地的原初之境而来，从未沾染过世间尘垢。

这样的经验对女儿来说却是新鲜的，她习惯了在钢筋水泥的建筑里拧开水龙头，又看着流水在开关的控制下乖乖地禁锢在管子里。她的学习和生活按部就班，每天的作息都被排得满满的，在山野间奔走，相当于走入一段难得的欢快旋律中。就是这样的旋律，很多人也无从获得。

熊名斌停下脚步，等待我们从亲水的乐趣中起身。于他而言，这些东西早已司空见惯。事实上，更精彩的飞瀑还远未现身。就在这一条水系的上游，五道瀑布依次高悬，传说故事也是异彩纷呈，引诱得我们不禁加快了脚步。

果然，行不多远，便听见哗啦啦的巨大水响。一道又宽又长的瀑布顺着山石倾泻而下，激荡起满天满地的银白色水花，恰似飞龙降临九天，声势浩大。于是，当地村民便很自然地把它叫作龙潭下。

往后的路，便都是循着这水源而前行了。山路蜿蜒，拐过了一道又一道的弯，无数次以为失去了路径，无数次于柳暗花明中重又清晰起来。因为，我们跟着一条水量丰沛、无法隐藏的山溪。

路，修建得原始而简易，有时候是极窄的土路，有时候是几块山石，有时候是几根木头，总归是就地取材，全无现代建筑技术的加入。据说，这里原本就没有正经的路，只是山脚下的村民上山斫柴运竹，踩踏久了，渐渐形成一条小路。

行走变得越来越艰难。加之头天刚刚下过雨，道路泥泞湿滑，有些地方被野猪拱过，留下一道泥坑。我虽小心翼翼，却也好几次踩到淤泥地上，只能彻底放弃对鞋子的美观和干净之要求，只求不摔一跤已是万幸。此时，熊名斌的砍刀发挥了作用。他随手砍下几根细树干，削光了枝杈，扔给我们当拐杖。

其实，这把刀更多是为了道路的畅通无阻而携带。一路上，他要砍下拦住去路的荆棘，搬走横斜倒伏的残枝，砍断霸占道路的茅苇。

有了一根拐杖，上坡或走险路便轻松多了。女儿却无法找到双腿和拐杖并行的节奏，干脆扔下了拐杖甩手自己走。她或扶着树藤，或抱着树干，或弓身而行，或奋力跳跃，展现着这个年龄的孩子应有的灵活。事实上，相较于多年前那个负重前行的担柴少年，她已经足够轻松。有些累，有些苦，有些难以承受的体力极限，是这个年代城市的孩子永远无法体验的了。

我还是习惯保护她，提醒她需要注意的种种，生怕她有半点闪失。毕竟，山林是她生命中难得涉足的陌生地带，而我却拥有多年在山林间摸爬滚打的经验。

往深了说，爱，是流淌在血液里的。正如我的父亲和母亲，即便年老体弱，依然为我操着一份别样的心。

故事（来自周卫红的书写）：

古道曾被红军用作秘密交通线，联络吉安和赣南地区的"农军"。其实，红军最早的秘密交通线并非这一条。因一位交通员被捕牺牲，弟弟接替了哥哥的工作。他绕道五十里，重新开辟的线路，正是我们行走的这条古道。每天，他头戴斗笠，脚穿草鞋，在万安、遂川、井冈山等地为红军传送情报。

他像哥哥一样，有野狼一样机警的心，有兔子一样机灵的眼神，有雨燕一样轻盈的身形，有花岗岩一样顽强的意志，有麋鹿一样的奔跑速度。

我们脚下的每一粒沙，仿佛都是由他的汗珠凝固而成。

世间的诸多艰难，有一些是被动的，时势所至，无从逃避；有一些是主动的，追逐理想，迎难而上。那些牺牲的人，无不是母亲的孩子。爱一个人，与爱天下人，境界却有大不同。

四

泉水依着山势被剖成了一叠又一叠，我们也逆着水流的方向逐渐攀升。无数次从密林幽深处窥见水的来路，又看着它义无反顾地朝山下奔流，一去不回。

在山势险峻处，又一道瀑布垂挂而下，水花四散飞溅。被水势冲出的一个深潭中，兀立着一块大石头，形状极似一只巨蛙。有意思的是，蛙的头部伸进潭水里，却永远不被潭水淹没，人们便将这道瀑布唤作金蟾戏水。瀑布隐藏在密林中，落差大、水势猛，壮观景象并不输许多在旅游界著名的瀑布。

回想某年暑假，我为了追寻一座名山瀑布，从高山之巅逐级而下，常有垂直九十度的陡坡需要征服。当最终看见瀑布的那一刻，仍然有莫名的欣喜感。观赏完瀑布，又一次顺着原路往山顶爬，艰难程度早已超出了忍耐的极限，我却从不后悔。与造物之神四目相对，灵魂交会，再苦再累都值得。

也许，每个人的行路短长自有定数，再长的路，也是每走一程，便少了一程。终有一天，我们只剩下了回望的力气，至少不会留下太多遗憾。

站在瀑布的下方，被飞起的细密水花拍击着全身。人置身于天险级的大自然面前，总难免有渺小之感。正是见识了天地之大，人才能安然于自身之小，并更加爱惜这敏感而易碎的肉体凡胎。

对着瀑布，我拍下了许多个小视频。如此，在大多数寂寞的蛰居日子里，我还可以打开这视频，听一听来自天地自然的声音。在熊名斌的启发下，我第一次使用了手机照相的一项新功能——"流光快门"目录下的"丝绢流水"。拍出来的瀑布，果真拥有了画册上所见到的美轮美奂的效果。我常以为那画面须用专业相机才能拍出来，其实是故步自封，将许多坐拥的设备和资源关在见识之外。

最有意趣的一挂瀑布，名叫叮咚，多好的名字，拟声而唤，似乎光闻其声便可得无限的欢欣。据说，因为此处悬崖微微内陷,丰水期,瀑布不是顺着山石乖乖地奔流,而是直接从几十米高的山顶俯跳而下,形成的硕大水珠倾倒下来,像极了有重量的石子儿抛向深潭,发出"叮咚、叮咚"的脆响。

然而前往叮咚的路却并不那么令人欢快,一长段的爬坡,依凭的全是水中的踏石。一会儿往左绕,一会儿又往右拐,前前后后,一次次地穿越这条山溪,需得极其小心才能保持身体平衡。

就在快要接近瀑布的地方,水流汹涌,水深已没过踏石,石头上长满青苔,湿滑得令人发怵。女儿试着踩上其中一块大石头,急流立即漫过鞋背,只好缩了回来,一时不知如何是好。此时,周卫红已蹚过去了,她穿着凉鞋,并不畏水,便试着搀扶女儿过去,不承想脚下一滑,两人一并往溪水中倒了下去。待拉起来时,周卫红的裤脚湿了半边,女儿更惨,身子左侧从腰部以下全湿了,两只鞋肚里灌满了水。

幸而是夏天,并不担心寒冷刺骨。但鞋袜和裤子全湿,可以想见有多么不舒服。我有些担心平日娇气的女儿会难以忍受,或像往常那样对我撒娇,影响大家的行程,毕竟前面还有许多路要走。她却依然笑眯眯地走着,在叮咚瀑布前,还摆出了英武的姿势要我为她拍照。

这一天,正好是女儿的十八岁生日。没有想到,她的成人礼会以这种方式完成。一小段插曲,让我欣慰的是女儿真的长大了,心智变得成熟了。

许多年以后,也许我们都会记得一个生动的画面:叮咚,瀑布跌进了深潭,有个女孩掉进了泉水。

> 传说(来自熊名斌的讲述):
> 金蟾戏水瀑布原来叫蛤蟆落井。传说河溪上有一只蛤蟆精,晚上猎人去河里抓河鱼、抓螃蟹时,明明前面没有人,也没有火,却在石头上看见足迹。足迹所到之处,蜘蛛、石蛙、螃蟹、小河鱼等小动物被悉数吃光。
>
> 蛤蟆精还经常出来吓人,制造恐怖。幸亏柏岩仙上有观音坳,观音娘娘在蛤蟆落井瀑布上用莲枝划了一下,蛤蟆精就老老实实地蹲在潭里了。观音娘娘告诫它:"你就在这里守护百姓,不许作恶。"后来,蛤蟆精化作金蟾,卧在潭里,再也没有出来吓人,而且一直护佑着四方百姓。

良善、正义,是神话传说中永恒的主题,也是人类从混沌初开走向现代文明的认知成果。邪恶被惩罚,正义被成全,美好被传颂,这些极简单朴素的民间愿望,至今仍符合人类的共同价值观。

五

此后，几乎完全没有了路。密密的山林中，怪藤缠绕，蕨草横生，腐叶铺了一地，一些枯死的树蔸横七竖八地卧着。我们辨认着路的痕迹前进，就像穿行在封闭千年的原始森林。

我的脑海中出现各种饿虎扑食的画面，时常会疑心有一只或一群走兽，隐蔽在幽深的丛林中偷窥，一旦看到有人落单，便可冲上来袭击。于是，我紧赶慢赶地跟上领队，不给野兽们饕餮的机会。

随着海拔升高，山林中的蝉鸣也变换了声气。类似于人类的方言，在什么山头唱什么歌，我发现每个地方的蝉鸣是不一样的。印象中，老家的蝉声是集体大合奏，并不此起彼伏，而是千万只蝉一齐鸣叫，对着人们的耳朵轰炸个没完，很难找着规律。有一年我去庐山，也许是那里的蝉吸纳了自然之灵气，天生就是音乐家，我很快摸着了蝉鸣的规律，五声短，一声长，叫声是"vi、vi、vi、vi、vi、vi——"，以至许久以后，耳边都还回响着那样的旋律。

柏岩仙的蝉是叫三声，小歇一气，又叫三声，大约是"vi、vi、vi……vi、vi、vi……"我在想，如果蝉界也有学术交流，各个山头的蝉汇聚到一起，互相切磋叫法，说不定像人类的方言那样，会有千差万别的若干种类呢。

穿过山林之后，眼前豁然开朗。原来，我们进入了高山梯田区。

此时的梯田，大多已经撂荒，但仍能从田脊形成的线条中，勾勒出层层叠叠的形状。一条条带状的田埂，弯弯曲曲，很自然地盘旋而上。田脊高高低低，错落有致，像极了五线谱上的音符。我们穿行在阡陌间，就像穿行于一首优美的曲调中。

曾经长满庄稼的田地，如今遍布着青绿的、墨绿的荒草，主角已然更换。若干年后，梯田也许终成荒山。而这些梯田，曾经是多少代人历尽艰辛建造而成的。柏岩仙山多田少，山里人只能沿着山脊垦荒筑田。千百年来，他们的生活都是自给自足的。他们必须不停地耕种，才能满足男女老幼对粮食的需求。

时代的更替，让多少曾经坚定的信念变得模糊，让多少曾经赖以生存的事物变得可有可无。

我曾在老家房前的空地上种满迎春花，那时候，我是全村唯一热衷于种花的人。没有人理解我，村人关心的是五谷丰登。我对美的追求，显得那样不合时宜，仿佛只是远在天边的虚妄。我的外婆也反对我，每次到我们家，都毫不留情地对我的迎春花挥动砍刀。然而今天，当我再次前往乡村，会发现许多人家都爱修建花圃，种些不能当饭吃的观赏花木。

其实，眼前的荒草也并没有白长，竹林村人善养牛羊，此时几头黄牛、几只黄羊正在荒坡上悠然进食。可以想见，这铺天盖地的草，吃完一茬，又会长出一茬，永远是牛羊的丰盛食粮。也许，现在粮食不再稀缺，牛羊已经成了竹林村经济的重要组成部分。

熊名斌领着我们在随意散布的几块大石头上坐下来，指着对面的一块巨石，开始了神话传说的生动讲述。他表情丰富，普通话中时而夹杂着方言，绘声绘色间，石公、火、棕树、贪财的地主……一切都那样玄妙，又那样引人入胜。

此时朝山顶望去，可以看见梯田很快消失，再往上又是密林。一道瀑布如白练高悬，那应该就是熊名斌口中的堆花瀑布了。瀑布看着很近，其实很远。走在前面的人都去寻瀑赏"花"了，我们几个落在后面的，因为走错了路，遗憾地错过堆花瀑布。

茅草将一条小路封得只剩下一条缝隙，我挥着拐杖一路横扫，希望虫蛇知道有人来到，可以提前避让。荆棘也肆无忌惮地霸占道路，想给我们来个下马威。此时没有了熊名斌的砍刀，我只能用木杖将之拨开，使一行人免遭刺伤。

一座竹木与茅草搭成的小屋静卧在山口，屋子四周已经爬满了萋草，想必已废弃多时。但从屋子里的状貌可知，这里曾是牛羊的棚舍。

再往上，一片宽阔的竹林密密排布，人的活动痕迹已非常明显。它让我想起老家屋侧的那片竹林，并无特别浓郁的山林气息，却曾是全村孩子的童年乐园。南方人喜欢居有竹，竹林常是烟火气的象征。我知道，村庄已经近在咫尺了。

> 补白（来自熊名斌的讲述）：
> 梯田对面那块大石头是竹林村人的精神图腾，人们将它尊称为石公。石公旁边有一棵棕树，永远只是一棵。这棵老掉了，旁边才会长出一棵新的来，从来没有同时出现过两棵。人们相信，石公的心是最忠诚的。村民吵架了，就去石公面前表忠心，准备好三牲，去石公面前发个誓，再由长辈调解一下，和解就达成了。村民的牛羊不见了，也喜欢去石公面前上炷香，装一碗甑香饭敬一敬，求石公老爷保佑，一般都可以找回来。天长日久，石公就成了村民心中的神。

在法治尚未成型的时代，道德、信仰和敬畏是维持公序良俗的重要存在。现代教育，一方面教人以科学精神，一方面也削减了原有的道德信仰。可想而知，竹林村的新一代年轻人，对石公的敬畏会渐渐淡漠。现代社会，法治规约必然取代道德信仰，成为维护社会良性发展的不二之选。

六

不经意拐个弯,眼前现出一条石砌古道,朝着山顶静默延伸。千百年来,人畜的踩踏,为古道上的花岗岩台阶印上了凹陷的马蹄形状。相对于此前踪迹难寻的野路,这条正儿八经的石阶路,着实称得上豪华升级版了。

这条路仅一尺来宽,青石的阴面,长满了苔藓。一些细小的野草,也见缝插针地在石缝间扎了根。走的人少,植物便要来占据人的道路。我在想,当梯田被人们一季季勤劳耕种的时候,这条古道应该是光滑的,日日被村民踩踏。

这里曾是竹林村人下山的唯一通道。他们要穿过这条路,去梯田上侍弄庄稼,去油茶林采摘果实。他们还要经由这条路,将稻谷和油茶挑回村里,或将农林产品挑到山下售卖,换回农药、化肥、种子、衣物,或者是一些平时难得享用的山外美食。有时候,他们还要将病人从这条路上送往医院,接纳亲人的新生或死亡。

这条路,连接着村民日复一日的生计,以及与外界并不频繁的联系。

顺着古道拾级而上,淙淙潺潺的水声又一次响彻耳际。眼前的景物渐次开朗,树木、河流、石桥拱,都呈现出了人为养护的迹象。最后一道瀑布哗哗地向下奔腾,仿佛在为踏遍青山艰难到来的我们热情鼓掌。每一座村庄,几乎都有一个叫作水口的地方。这道瀑布形成于竹林村的出水口处,人们便叫它水口瀑布。

村庄往往还会有标志性的水口树,与赣南众多客家村落以樟树为水口树不同,竹林村的水口树是三棵巨大的黄檀树。沿着这道瀑布上行,可见许多石头堆砌的垛子,明显是人为的,并非天然生就,许是用来填路备用,许是用以预防山洪。

忽然,一座年代久远的石拱桥呈现在眼前。有人已站上桥身,双手叉着腰俯瞰群山。我们并未穷尽一座柏岩仙,却见到了一座世外桃源般的村庄。此时,朝村庄的上空望去,远处是仙气袅袅的云霭。与我们经过的山林截然不同的是,此处土地平旷,村民的生存空间并不逼仄。一条溪流欢快地朝着村口流淌,实在无法想象,它便是制造了一叠又一叠壮美瀑布的源头。

村庄笼罩在一片宁静祥和的氛围中。左边的山如狮,叫狮形山;右边的山若象,人们将它叫作象形山。两座山将村庄合抱着,就像两位忠于职守、护佑村庄的大神。石拱桥连接着两山,恰似一道一夫当关、万夫莫开的险要关隘。

村支书熊名斌站在石拱桥上,又一次摆开了龙门阵,传说故事如泉水般流淌而出。显然,一座充满神秘感的村庄,一方面寄托着人们对世外桃源的向往,一方面又有科学无法阐释的诸多现象。当人力不可企及、科学无法解释的事件发生时,神魔鬼怪便诞生了。

然而真实的村庄如此恬静安详，全无想象中的怪力乱神之迹象。也许风云已远，一千年的光阴，足以将一座古村恒定于某种不为外物所乱的永在模式。

进入村庄，还未遇见村民，最先遇见的净是石头，仿佛它们才是古村的主角。从石拱桥，到石阶路、石河坎、石围墙，再到石围的稻田、池塘，还有许多低矮的房屋，也是石头垒砌的。竹林村人将每一块能用的石头都充分用上了。在钢筋水泥和青砖尚未进入这大山深处时，他们便是这样，用石头砌筑起了坚固的源远流长的生活。

事实上，人类的生存和繁衍需要的并不多，有空气，有土地，有流水，有不计其数的动物和植物，便有了人类的基本生存环境。然后，有男人，有女人，有若干双愿意用来开拓和创造的双手，一座简朴的村庄，便形成了。

传说（来自熊名斌的讲述）：

从前，狮形山和象形山每天傍晚会合拢，封住村庄入口，护佑古村平安。宋熙宁年间，一个外地的风水先生游逛至此，因为夜晚没能进村，心生怨气，第二天进村后使坏，诱导村民建起了一座石拱桥。石拱桥建好后，两座山再也合不拢了，许多青壮年莫名其妙去世。村民只得去兴国三僚,找到风水大师杨救贫的弟子破解。弟子指点村民种了五棵黄檀树化煞,并告知黄檀树务必是单数。黄檀树最终活下来三棵,村子里也恢复了平安。天长日久,黄檀树的树身已是千疮百孔,仍被村民小心呵护着。

后来,竹林村人世代祭奠那位风水师,感念他的恩德。

熊名斌的故事并未完结,我亦无法悉数记载。世人心中的神,可以是一座山、一棵树、一块石头,也可以是一个偶遇的人。敌或友,物或神,伤我还是护我,是一个基本的判断准则。这或许是人类的思维局限,但却无比诚实。

七

这是一个人神共居的地方。

在一座山的隐秘处,在层林包裹的地方,一座古村许多年无外人进入,亦少与外界接触,他们靠着最原始的生产方式,构筑了一种世外桃源般的生活。直到今天,全村常住人口仅二百多人。

村口,若干丘稻田,禾苗青翠油绿,长势正喜人。路边的田畴上，大多围着高高的石墙。没有石墙的稻田，也以竹木、枝丫和荆条结成的密实篱笆围护着。我依据经验猜测，这应该是防止鸡鸭鹅或牛羊擅闯禁地的。然而熊名斌却说，它们主要是用来防野猪的。如此则可想象，野猪曾给竹林村人带来了诸多麻烦，以至于需要花费巨大的人力物力来防止它们糟蹋庄稼。

那么老虎呢，豹子呢，黑熊呢，长虫呢？它们曾经是山林的主人，被人类驱赶，必也会伺机夺回自己的领地。最早的先民，需要战胜的，除了天地，还有众多活跃在大自然的凶猛生物。每当太阳落山，人们早早地闭门入户，关好栏中的牲畜，管束圈里的家禽。在那些漫长的黑夜里，囿于院墙之内的人，没有电视，没有书籍，自然会产生无尽的想象和无穷的故事。这其中，既有为他们带来苦难的鬼怪妖魔，也有护佑他们平安幸福的各路神灵。

属于幽深暗处的让人恐惧的事物，不可逾越的禁区，需要教导孩子规避、防范，管束他们乖乖地听话，永不去黑夜里冒险。属于光明之处的为他们带来好运的神灵，需要教导孩子膜拜、信赖，永不亵渎轻慢。

等到他们长大，必将又一次重复祖辈的用心，神话故事就这么一代一代地传了下来。人类尤其擅长总结经验，以保证种族的繁衍。

从某种意义上说，敬畏和恐惧，是人类社会优胜劣汰的进化结果，是避开诸多风险，血脉得以延续的必要条件。

一个老妇人在山坡上侍弄蔬菜。没有规整的菜畦，是那种有一寸土栽几株苗的模式。那菜却无不长得欢实，黄花菜开得鲜艳，玉米苗蹿得老高，芋头叶欣欣向荣，红薯的茎和叶硕大肥美……妇人蹲在地头，安静地拔草，甚至都懒得抬头来观察这一群突然的闯入者。他们守着自己的生活，一切都是与世无争的模样。

四面群山宽厚地环抱着村庄，环抱着一排排散落的房屋。那房屋低矮，顶多两层，外墙刷得洁白，与天上的白云和屋后的青山相映成趣。一口大池塘水明如镜，倒映着蓝天白云、田园阡陌，也倒映着岸边的黛瓦白墙。一些木头搭成的瓜架和葡萄架凌乱地杵着，作物与野藤都在上面自在地爬。人们似乎并不期待丰收，一切顺其自然足矣。

房前屋后，有公鸡和母鸡悠然觅食。野草长势茂盛，湿润的泥土中，断不缺乏它们热爱的虫子。看不见密集扎堆的人群，偶有一两个村民与我们相遇，并不把我们当回事儿，只是自顾自地做着事。

一个老人挑着便桶，许是要去浇菜，走到半程，在鹅卵石路上停下来歇脚。我点开了手机照相，他对着镜头，并不惊慌，只是憨憨地笑。过了一会儿，他又挑起担子朝前走去，扁担悠悠地晃着，身子也悠悠地晃着。

远山上的风车，停在村庄一角的农用机械，却分明告诉我，古村已然不古。光阴流转间，他们在这里养牛、养羊、种稻、栽菜，想必也送子女去山外求学。从刀耕火种到接纳现代文明，流年一段段老去，唯有生命的脉搏永不停止。

就在老人经过的石子路边，一条清浅的山溪还在静静地流淌，水面上泛着粼粼的波光。就是这条小溪，千百年来哺育着竹林古村，也奔流出山下那一道道绝美的瀑布。回想这一路走来，那似乎永难觅到源头的艰苦攀缘，恍若隔世。

此刻正是傍晚时分，一群牛怡然自得地从山上走下来，朝村子里走去，它们要归圈了。我仍站在古村中央，心神久久不能收回肉身，仿佛钻进了一个亘古的梦。

后记（来自熊名斌的朋友圈）：

拖拉机喝了两桶油，断了一把刀，本人喝干了两壶水，吃了十个包。

早晨五点开始到下午六点结束，这段暗石多多的梯田又一次华丽转身……没有特别的想法，就是几十年来母亲教的仓中粮油丰足才是勤劳幸福的农家，就是年年把老家别人不要的地种起来。不去算成本，也没有计收入，仅仅是一个地地道道的老农对土地的热爱和眷恋。

> 土地翻耕后的蛙叫，嫩绿的秧苗，阵阵微风吹来不知名的野花香，劳作间暇，仿佛回到了很久很久的从前……

现代农业改变了人类的生活方式，人们置身于安全的范围已时日久远，对粮食的渴望不再迫切。世外桃源的理想令人向往，躬身田亩的辛劳却促人逃离。然而总有人选择回归，立足于信仰的大地，重拾生存之根本。

此后经年，类似的一座古村依然会对我构成深刻的诱惑，然而长久驻留却远非我的选择。在这个意义上，我对熊名斌充满了敬意。因为我知道，他的实干作为，依靠情怀远远不够。

仙人的跫音

那时候是初夏,刚刚下过一场不大不小的雨。你可以想象,九曲练溪烟雨迷蒙,环溪的山间草木多么葱茏。这样的缙云、这样的仙都,每前进一步,都会不小心碰到一缕仙气。

在中国神话里,仙是长生不老的,是永世长存的,是隐约可见于云雾缥缈间的。当然,仙还是会惩恶扬善的。缙云的仙,自隋代起就活跃于当地老百姓的口耳相传中。彼时这片山水还没有得名为仙都,但他们相信在莽莽苍苍的丛林和袅袅上升的雾气之间,居住着力量之大足以左右人世的神仙。

有了这份朴素的信仰,便有了对自身行为的约束和对美好生活的期许。人世间,最简单的善良即来自对天地神力的敬畏。

或许千百年来,缙云人始终持守着这份真挚的善良吧。当我从车上下来，雨仍在飘飘洒洒地下，同车的一个女孩将伞递到我手中，说："我去过多次了，这伞你拿着。"雨丝落在光滑的伞面上，轻柔、无声，像有一只隐形的仙人之手抚过头顶。我放慢了脚步，不知为何，置身于此情此景，会不由自主地心怀虔敬，相信在我们眼力所不能及之处，自有高处的目光盯着我们的一举一动。

小时候，我阅读过大量的神话传说，文章里对仙境的描述，早已在脑海中形成了一幅亦真亦幻的景象。自古以来，有神仙居住的地方便是山水风光不同寻常的宝地。仙人在此，上可以一步登天，下可以化身布衣平民，行走于世。他们偶尔小露身手，便足以让世人目瞪口呆。

传说唐天宝七年，刺史苗奉倩到了缙云，得见彩云并听闻仙乐出现于缙云山上，喜不自胜。这么大的事得让皇帝知道啊，遂上报朝廷。唐玄宗闻之，不由得惊叹道："是仙人荟萃之都也！"于是亲笔手书"仙都"二字，"仙都"之名便由此而来，并一直沿用至今。在这里，我没能亲见玄宗的手书，但对仙境的想象和向往却在此处一一得到了印证。

入景区，沿溪水而行，举目是泼墨般的绿。雨慢慢停下来，水汽在山腰处氤氲，像给群山系上了一条轻纱似的腰带。我们要经过一座桥，去往对岸的山。走到桥的中央，我在琴键般的石墩上坐定，身下是碧绿的溪水，色泽与苍翠的青山融为一体，那么干净、那么沉稳,仿佛看不到它在流动。我在想,如果仙女要下凡沐浴,应该就在这个地方戏水嬉游。如果她们中最热爱人间的一个人的衣物被人抱走,应该就会在此处贴近俗世,与一个爱她的凡夫生儿育女,并期盼相守终老。

如果还要为仙人的登天找到物证,应该就是那座直刺云天的鼎湖峰了。穿过遮天蔽日的树林,当鼎湖峰呈现于眼前时,我委实被吓了一大跳。在相对平阔的仙都景区,它那么突兀、那么高大,像一个传奇,又像一个高不可攀的宣言。据说,此峰高达170.8米,是世界上最高大的石柱,有"天下第一峰"之美誉。望着它,我会怀疑自己的目光遗漏了些什么,比如它是否会在雾气中左右摇曳;比如它是否会像一根春笋那样继续不停地长高,甚至趁我们不注意,一直高到天上去;再比如,会不会有一群神仙,在峰顶双足一蹬,就飞向了天庭仙界。

事实上,史书记载,在此处登仙者确乎有名有姓。《史记·封禅书》有云:"黄帝采首山铜,铸鼎于荆山下。鼎既成,有龙垂胡髯下迎黄帝。黄帝上骑,群臣后宫从上者七十余人,龙乃上去。余小臣不得上,乃悉持龙髯,龙髯拔,堕,黄帝之弓。百姓仰望黄帝既上天,乃抱其弓与龙胡髯号,故后世因名其处曰鼎湖,其弓曰乌号。"

这个故事多么符合中华儿女的美好想象与惯常思维啊。华夏民族的始祖轩辕黄帝于鼎湖峰顶置炉炼丹,丹成之时,黄帝跨赤龙升天，从此为仙。于是，我们的祖先将永远活着，世世代代接受子孙的膜拜。看尽世间纷争，道道轮回，仙还是那个仙，黄帝还是那个黄帝。在人们的愿望里，虽然自身无力步入升仙之路，但作为始祖的黄帝，将以仙人的身份，永远庇护福佑着身后人，也包括自己，多么好啊。

更值得玩味的是，传说黄帝登仙之时，丹鼎坠落而积水成湖，于是有了鼎湖。这座湖至今还在峰顶安然静立，而我们无路可攀，未能一睹鼎湖真容，只能从旧时的文字记载和想象中去揣测它的状貌了。听说，药农是可以架绳索飞渡峰顶的，不仅可以采到世间稀有的草药，还能亲近鼎湖，观其美景。想想啊，立于峰顶，若得微风吹拂，又有雾气弥漫，天空中云霞浮动，再挂上一条彩虹，仿若顷刻间与天庭比肩，岂不美哉，岂不快哉？其实，他们架绳索飞渡的样子，以及完成常人所难以完成的高难度的登临，和神仙的确已经有了几分相类。不知道白居易是否攀登过峰顶，但诗是实实在在写过的："黄帝旌旗去不回，片云孤石独崔嵬。有时风激鼎湖浪，散作晴天雨点来。"

如果再往前追溯，早在白居易还没出生时，李白就来到了缙云仙都。李白有个别号，就叫谪仙人，诗仙是后人给他封的，而谪仙人，在世时就已经叫响了。谪仙人与仙都，冥冥之中注定要发生交集。

这话还得从头说起，李白有位从叔，名李阳冰，为唐时缙云县令。至今，缙云县老城吏隐山上，还留有李阳冰篆书摩崖石刻《唐吏隐山记》一块。吏隐山之名，便因李阳冰退居此山"创亭室以宴居"而得。天宝元年春，李白客游会稽，与著名道士吴筠隐于剡中，两人联袂上天台山，南下缙云山。作为当地县令，李白从叔李阳冰义不容辞地给他们二人做导游，一同溯溪而上，瞻仰了时名独峰的鼎湖峰，又入缙云堂参拜了轩辕黄帝。就是在那时，李白以黄帝铸鼎骑龙飞升为中心内容，写成了乐府《飞龙引二首》传世。其中"黄帝铸鼎于荆山，炼丹砂。丹砂成黄金，骑龙飞上太清家"，写的就是黄帝成仙的故事。而吴筠亦不甘落后，赋诗《题缙云岭永望馆》："人惊此路险，我爱山前深。犹恐佳趣尽，欲行且沉吟。"把天地的险胜和行游的意趣都表达在诗句中了。

也许李白对仙都情有独钟，光写《飞龙引二首》哪里过瘾？天宝十二年，王屋山人魏万循着李白的足迹跑到浙江找他，游石门不遇，返广陵才与李白相见。于是，李白又在《送王屋山人魏万还王屋》的长诗中，对缙云仙都一带的山水风光做了一番描述："缙云川谷难，石门最可观。瀑布挂北斗，莫穷此水端……"

一代诗仙李白，追随仙人的跫音，用诗文与仙都碰撞出火花，与美景和仙人的传说成就了一段历史佳话。后人又追随着李白的跫音，纷至沓来。这种追随不是没有道理的，在世人景仰的目光中,李白也早已不是凡人,至少是半个仙了。吹一吹仙风,沾一沾仙气,以洗脱身心的凡俗之气,是许多热衷山水之人的理想与追求。

事实上,像李白这样循仙而至的文人墨客,多如牛毛。从古至今,能说得出姓名的就有王羲之、谢灵运、元稹、皮日休、沈括、朱熹、王十朋、徐霞客、朱彝尊、袁枚、郭沫若等。他们在尽情纵览奇山秀水之余,都曾为此地留下翰墨。

仙都,是一个有仙气的地方。几十年来,《阿诗玛》等三十多部影片在此拍摄。而近年热播的电视剧《花千骨》亦取景于此。值得一提的是,《花千骨》讲的也是与仙有关的故事:少女花千骨与长留上仙白子画相遇,人与仙之间开启了一段关于责任、成长、取舍的纯爱虐恋。以我的凡人脚力,无法一一走过影视剧里出现的每一寸地方,但我相信,只有像仙都这样仙气袅袅的地方,才能拍出如此唯美纯净的画面,才能恰到好处地映衬出主角的仙风道骨。

中国人对仙界或者说长生不老的追求,可谓古已有之。威武如秦始皇,能横扫六合,统一中国,求仙之狂热也概莫能外。当然,反过来说,真正有能力集一国之力,寻仙问药者,也非国君莫属。其时有鬼谷子先生的关门弟子徐福,学辟谷、气功、修仙,兼通武术。他出山的时候,正是秦始皇登基前后的李斯时代。徐福凭着一身的本事,赢得了秦始皇的信任。于是,在秦始皇的派遣下，一支由童男童女三千及百工技艺之人组成的浩浩荡荡的大军，携带着五谷等物，由徐福率领，东渡求仙去了。也许是迷途未返或自然不可抗力等故，秦始皇没有等到徐福的归来，也没有实现长生不老的梦想。种种迹象表明，徐福最终在日本落脚，教会了当地人种水稻、凿水井、制造农具，并传播了医药、纺织等方面的知识，给日本带去了翻天覆地的变化，将日本从原始社会推向了奴隶社会。

此番同来仙都的，正巧有一位留学中国的日本学者早川太基，我们在山风涤荡中，不经意便谈起了中日文化的血脉联系。他说，的确，日本现今还保存着与徐福有关的很多遗迹，如徐福登陆地、徐福祠、徐福冢、徐福井等。佐贺市、新宫市等地都被传是徐福当年登陆日本的地方。日本目前使用的文字中，还有大量的汉字元素，日本又有上门女婿等等与中国相通的风俗习惯，这些无疑也佐证了两国文化联系之紧密。

一个起因于寻仙的故事，竟然在两国历史上写下了如此意味深长的一章，也不啻为一段佳话了。仙都像一本打开的书，你总能从这本书中读到飘逸的灵魂，或由此怀想起那些与仙有关的人和事。

和我们一道前来追随仙人跫音的，还有一群诗词律赋名家。诗人总是能从青山绿水和传说故事中找到创作灵感，于是诗行如练溪之水汩汩而出。其中马建勋在《鼎湖峰》一诗中写道："天下奇峰谁第一,鼎湖摩日扣云扉。仙都遐誉蹊非渺,砥柱高标势亦巍。犹忆乘龙人早去,难随伴鹤客同归。唯余仰止成游后,依旧书中慕采薇。"是的,与仙都相逢,在描摹鼎湖峰的奇异风光时,总不禁想起那个乘龙登仙的人。唐定坤亦作诗《游缙云》,曰:"黄帝旌旗应不虚,仙都自有上仙居。丹峰日日受云气,鹤影迟迟小雨初。"那座我们所无法登顶的山峰,他亦相信其间"自有上仙居"。

成仙,是人类最永恒的理想。人们把神话中有特殊能力的人,可以长生不死的人称为仙,也把生活中美好的事物和美好的人称为仙。"禹门西面逐飘蓬,忽喜仙都得入踪。"今日,当我们追随仙人的跫音,进入神话般的美妙之境,即使我们不能成仙,但至少有文字长出羽翼,飞向那云雾缭绕处。

跟一座山去修行

一

来到香山之前,先是有些不以为意的。许多年以来,我生活在赣南的一座小山城里,唯感丘陵山水风情,莫不相类。正午餍足之后登车,听说去香山地质公园,我靠在座椅上,渐入南柯之境。迷糊中,只觉身体和梦境都随着大地的起伏而晃荡,仿佛时光漫长而久远,仿佛无物、无我、无他,只剩这无尽的晃荡、晃荡……

一座香炉倒扣下来。睁眼,车窗外盘山公路迂回环绕,险象环生。下车环视,四周皆苍茫的绿,不见其边际。前头开路者说,这便是香山了。

在我的印象中,全国据有香山之名者,当不在少数。单是北京的香山，便因红叶之魅，以及吟咏香山红叶的童谣被收入小学语文课本而名满天下。听闻有人正斥巨资打造眼前的香山，我便与信丰当地的文友交流，既然香山之名已成他处名片，何不避其锋芒，另辟蹊径？而他们信心满满："无论世界上有多少座香山，我们的香山依然是独一无二的。"

当唇齿间滑过"香山"二字，两个阴平声调的组合，让人不由自主地拉长了音调，头脑中就自然地浮现出与香有关的事物。比如春天的花朵，比如夏日的果实，比如藏身于石头和泥土间的蘑菇与地衣，比如铺陈在山坳处的枯叶和松针，比如一个名叫香的美丽的姑娘，她或者在此处遗留下香远益清的故事，或者已经化身为光阴里的一个符号，至今余韵悠长。

事实是，玄想往往仅囿于一个人的思绪狂欢。一棵树何以叫作菩提，一朵花何以叫作彼岸，一株草何以叫作含羞，万物之名自有其来处，自有其定数。而香山之名，其实来源于佛教。

据史料记载，佛教创始人释迦牟尼在迦毗罗卫国都城出生，他的家乡附近有座山名叫香山，后来，观世音菩萨在此证道。因此，释迦牟尼在世时，其弟子多有入香山修道者。后来，前往香山修道的佛教徒日多。故《华严经》在排列阎浮提十大名山时，香山仅次于须弥山，成为佛教名山。自汉时佛教传入中国，香山之名便作为佛教的衍生物，一同进入我国，年年月月，散落各处。

从山水的命名中找到历史，也便找到了文化的根源。

只是，浮世浩阔，地理殊异。即便顺着一条教义的源头往前流走，此香山与彼香山，毕竟仍有大不同。信丰的香山，不仅山顶形如一座倒立的香炉，而且在众多香山中唯一传承有多座自然遗产观音石。有观音的地方，就有了络绎不绝的朝拜者。

这便确立了它的与众不同之处，以及与佛教的密切关系。

二

其时，登山之路尚未完全修成，片石、骡粪、蹄印与雨后的湿泥共同构筑了望不见涯际的前方。而秋天并没有因为时令的来临变凉下来，唯见侧畔草木深深、藤蔓缠绕。我等头戴草帽，在蝉声轰鸣中开启了旅途。凭直觉，我相信香山还是保守的处子，唯其原始，唯其艰涩，唯其矜持，倒更使人鼓起了征服的力量和勇气。

同行者中，有三位长相颇佛系的男子，自号空、诚、戒。人与人之间的靠近，常因相近的气质，或者相似的灵魂，有时候，也可以因为相同的体型和趣味。一只蝉呆呆地伏在树干上，仿佛等着一双手的围拢。忘了是空、诚、戒中的哪一位，只轻轻一伸手，便装蝉纳入掌中。他上前来，将伏在拇指和食指间的蝉展示给我看。它黑绿的小身子如此乖巧、服帖，竟不嘶喊，也不挣扎，那圆而大的眼睛、薄而透明的羽翼，似乎全都汪着一泓温驯。我忆及幼年时捕的蝉可不是这样的，它们无不警觉得很，一旦落入人手，总不忘奋力挣脱，把嗓子都叫哑了还不肯罢休。我们并不怀有慈悲之心，偶有收获，即置入灶膛，烤得香气四散，然后蘸了盐水即吃，颇觉美味。想来，那时的我，身心俱被饥馋攫住，至于佛，至于戒，全在遥远的天边。

现在，他要将蝉放走，松开拇指和食指，一只蝉迟疑了几秒钟，便回归了它的自在之境。它尽可以放声高歌，在密林深处捉对欢愉、繁衍，然后从这个世界安静地退场。我惊异的是当它成为人类囊中之物时的那种不惧、不悲、不争，莫非它也在这香炉之下参透了禅？

如果从词语的迷宫中寻找关联，蝉的一生，从地下的深埋，到空中的振翅，如何不是禅意之一种。禅，多数时候，又和苦、修行连在一起。想想吧，画家李英杰何以成为名满天下的李苦禅，他一生拉洋车，被捕入狱，研磨画艺，无论哪一样，都是在苦难中修行。

因着山高路陡，筑路艰难，人力受限，现代载物工具又难以企及，便有了骡队的加入。我望不见其踪影，它们只留下一个个花瓣状的蹄印给我看，只散播下身体里腥热的气息让我闻。我想象它们驮着沉重的包袱，四蹄深深地陷入泥淖，又拔起，腿部肌肉鼓突出来，只是一个劲地向上爬、向上爬。所有的苦、所有的累，它们都说不出来，都含在毕生的沉默里，这是它们无法逃脱的宿命。

一头骡子，甚至不能拥有自己的后代，仿佛造物者发明了它们，就是让它们来世上修行的。

三

苦修的僧人与骡子又多么相像。

世间寺庙多建于山顶，僧人每有出入，总须徒步负重，有时候是背一袋粮，有时候是挑一担水，有时候是担一捆柴火。他们背负一生的，是经文，是隐忍，是对花红柳绿世界的出离和无视。人之欲念自母体生而有之，克，即是痛，即是放，也即是福。

香山寺的香火始于隋朝，兴盛了一千多年，直到二十世纪五十年代遭毁。从遗址可见，香山寺立于群峰之间。寺庙规模很大，有上下两殿，两边有厢房、厨房、膳厅，皆为白墙黑瓦。寺门前地势平坦，还有数亩粮田。

这期间，僧人一拨一拨地来，又一拨一拨地化作尘埃，回归于群山。我猜想，这骡子的蹄印之下，应该还叠加有许多年前香山寺僧人的足迹。他们和所有青灯布衣的僧人一样，不会有太多的物质享受，多半食斋，饮山泉、沐清风、赏明月。人世间的男女欢愉、天伦之乐，与他们总是格格不入。他们来自怎样的家庭，是否也有过如仓央嘉措般难舍的红尘眷恋，又是怎样割断了挂念，自此一心执佛珠，吞下万种心绪？后人无法一一找寻故事的原版，或者，都化作满山清风，散了吧。

明代太学黄九洛曾游香山，宿香山寺，留下诗行："云山留我宿，枯淡亦逍遥。焰细灯明灭，寒深月寂寥。游无嫌屡日，话不禁通宵。何计常来此，随缘乞一瓢。"枯和淡，细焰与青灯，寒夜和寂月，都是苦修光景之写照。僧人乞于世人，太学又乞于僧，究竟谁才是天地间最富足的人呢？

那些在通往拉萨的路上磕长头的人，那些在炎热的荒漠里牵着驼队的人，都是苦行的人。至于苦行之后，何时可获得解脱，得道开悟，似乎总是渺远的事。苦行，有时候是一种信仰，有时候是一种"明知山有虎，偏向虎山行"的勇气。

山路越来越显示了它的陡峭和乖戾，汗流得越来越急，双足在跋涉中越来越沉重，被甩在身后的人也越来越多。那危险的崖壁，那突然断路的恐慌，那密密丛丛拦住去路的茅草，每一处都让人感到无路可逃的绝望。游人习惯了整修好的栈道，习惯了沿途竖起的现代化路标，突然进入这样完全未开发的野山，难免警觉起来，害怕起来。

最后，空、诚、戒三位佛系男退到了山下，同行的多数人都退到了山下。闷热、艰苦、劳顿，不断袭击着我，要摧毁我的力量和信心。远方还有多远，那些被领路人描绘过的风景究竟是否名副其实，我皆不知。有好几次，都想干脆也退回原处，择一阴凉地坐下来，将腿上灌满的铅也卸下来。然而内心总有不甘，想着高处，想着前方还有那么多的未知，想着先于我进入这座山的僧人和骡队，又咬牙坚持了下来。

这时候，忽然有一些自得。我虽没有法号，但更像一位执着于苦行的僧人。

事实是，离开与留下，其间所忍受的煎熬也许恰好相反。上或者下，决定了光阴的短长。驻足的人，须经受长久的等待。我很快感到了弃山而去者的焦躁，他们在微信群里反复询问我们到了哪儿，还有多久可以下山。因为，他们已经等得不耐烦了。

有时候，人逃避了一种苦，又不经意进入了另一种苦。

四

香山石多。

鹰石、线香石、蜡烛石、撑腰石，多为石英岩的质地。群石汇聚，或奇石兀立，成崖壁，成岩洞，成石墙，成石柱，成石桌，成尖峰，如张果老下山，如兔子望月，如观音坐禅……每一块石头、每一种结局，莫不是时间的定数和安排。风蚀，雾罩，雨刮，雷劈，地壳的运动，草木的穿越，人力的搬运，历千年，历万年，那些石头就成了今天的样子。

有石洞的地方，总免不了发生故事。比如，道人辟谷，喜欢选一个清幽的洞穴，独自吸山风、饮露水；武林高手修炼绝技，喜欢择一处迂回曲折的山洞，试剑磨掌，不问世事；战争年代，陈毅就是隐藏在赣南丛林的一个小山洞里，写下了《梅岭三章》："断头今日意如何，创业艰难百战多。"

香山的石洞，也是有故事的。山顶有哀道人岩，洞深而广，可容数十人同坐。相传，古时有道人卖药于市，夜宿于此，一日忽去，留下手书"万山哀道人造岩住"于石上。哀道人从何而来，又去往何处，史无记载，但这个石洞还在，这座岩还以他的名字命名。

石头可以冲天一怒，成为刺破天穹的巨柱，也可以温驯服帖，成为任人踩踏的道路。古时的驿道，便多半是大小不一的石头铺叠而成。日子久了，它们被赤脚、草鞋、车轮磨得光滑圆润，反而愈加透出了成熟的气度，谁能说这不是一种修行呢？

香山中，至今还保留着多条明代以前的古石径路，我们脚下行走的这一条，便是。我分辨着那些深陷于泥淖的石头，哪一块是明代的，哪一块是今日的。其实，几乎用不着太过仔细，它们的面目就露出了端倪。生涩与老成、轻浮与沉稳，石头里藏着它们的气质和面貌，也藏着它们的履历和修行。所谓"时时勤拂拭，勿使惹尘埃"，无人问津的石头，躲在背阴处的石头，往往便只能与青苔终身为伍了。在完全没有路的时候，我们是扳着石头攀爬的。换一个角度看，它同样构成了路之一种。

据说，香山方圆二十六平方公里，面积太过阔大，我们所走的这条路，并不通往观音石。我只在别人拍摄的图片中见到过，她侧身立于山巅，发髻高耸，双掌合十，袍袖宽大。那时正值日出，万道金光从她的头顶四射而出，山峦、丛林，以及这山下的万丈人间，俱在她的佛光笼罩之下。我由衷地佩服这位摄影师，他的心中，一定是住着一位观音的。

往前行，一只昂首的老鹰骄傲地俯视着我。它是一块巨大的石头，时间让它修成了老鹰的样子，还让它在石缝间产下了一枚永远不被孵化的卵。这样，一块老鹰石、一枚老鹰蛋，它们成了众多籍籍无名之石中的脱颖而出者。

它们带来年代久远的消息，它们都是亘古时光里的修行者。

五

站在高处，便有了旷远的感觉。

在石头的托举下，我感觉自己正置于万物的中心，被云朵厚爱，被群峦拥抱，被山风抚摸。我看见来时的路，看见山的远处是城市，是村庄，是田野，是信丰人年复一年在时代更替中的生息与安稳。

而我看见更多的，是香山的草木，如此丰沛、如此缠绵，如此蛮不讲理地扩张它们的领地。

不要指望我能对它们一一指名道姓。是的，相对于浩阔无边的林海，我只是一个如此孤陋寡闻的人。据说，山中生长有与恐龙同世纪的粗齿桫椤、小黑桫椤等桫椤群，还有数量众多的白垩纪残遗植物南山红豆杉及江西独有的七瓣含笑种群。在密林中穿行良久，我曾遇见过它们吗？也许。但在一座尚未完全开发好、尚未给珍稀树种挂上牌子的山里，我根本无法指认它们的存在。这样也好，相见何必相识，我们之间，原本隔着亿万年的光阴。

有了这连绵的草木，便有了走兽、虫鸟的天堂。

一只仅生有四条腿的花蜘蛛挂在树枝上，盘踞在自己织就的网中央。连接着蛛网的，是四条锯齿状的白色粗线，像四根松开了的尼龙绳。同样，我叫不出它的名字，只是它奇异的样子，让我不禁揣测起香山的虫豸、走兽的物种来。当然，我很难与它们相遇，那些穿山甲、蟒蛇、黄腹角雉、白鹇、苏门羚、斑灵狸、山牛等珍稀保护动物，总有它们栖息的隐秘处，不会轻易出来见人。我只看见千足虫不时地在落叶间爬来爬去，只听见鸟雀叽叽喳喳地宣扬它们的幸福。

如果生物也有天堂，大概就是香山这个样子的吧。

草木生灵是一座山的灵魂。相比科普，我更愿意琢磨它们的情态。

这时候，我正好与一个巨大的树瘤劈面相逢。在一棵树的腰部，它膨大成了一颗心的样子，红褐色，凸于树干，仿佛仍在有节律地跳动。我与它对视良久，忽然又觉得它像一张人脸，眉、眼、唇，以及凹入的下巴，都活灵活现，那饱经沧桑的模样，那欲言又止的嘴，仿佛随时都有可能吐露谶语。

一棵中空的老树，想是被雷电劈中而燃烧过吧，里层已经被烧成了乌黑的炭状。可是，它居然还活着，春一来，雨一润，又没心没肺地发芽了，抽枝了，长叶了，仿佛从来没有经历过生死劫难。于是，我为香山的树找到了一个共同的名字——沧桑。

我一路都在寻找沧桑，寻找那些弯腰的树、交缠的树、扭曲的树、不死的树、张牙舞爪的树，疤痕累累仍旧迎风招展的树。沧桑过后，是活着，活成"行到水穷处，坐看云起时"的状态，活到与时间为敌，活成世纪更迭、我自岿然不灭的存在。

"人生如逆旅，我亦是行人。"禅悟了一棵树的沧桑，便知晓了人之于世的渺小，也习得了随遇而安的旷达。

六

现在,有人要投资七个亿,把香山的美、香山丰富的内心一一打开,呈现在世人面前。到那时,更多的人将无须像我今天这样手足并用,便能够顺利征服香山,进入香山的腹地。

是的,当我沉浸于少数人的盛宴和狂欢中,想到被拦在山下的众多同行者,并不能领略我所领略过的风景,而且需要承担枯燥的等待,自得之余,其实内心颇有不忍。

世间事,总是如此利弊参半,矛盾重重。我想到今后,山脚下的村庄将会渐次热闹起来,自然,村庄里的生活也会慢慢富足起来。而香山寺会不会重新修建起来,僧人会不会像从前那样行脚、苦修,那些鸟兽虫豸是不是又将躲藏到更深更远的他处呢?

即将下山之时,我遇见了给山路铺木栈道的人。

淙淙潺潺的清泉声还未从耳际消散,"笃、笃、笃"的敲击声老远就传了过来。他们蹲伏在山的高处,将原木一块一块地铺上去,钉子一枚一枚地敲进去。那时还是午后,秋老虎还保持着威力盛大的热,阳光正追随着他们的背脊,将他们身上的盐粒一点一点地舔出来。我知道,这里的每一块木头、每一枚钉子,包括每一把刀、锯、锤,每一份干粮和水,都是他们从山脚下一寸一寸搬运上来的。没有平坦的路途,没有汽车,也没有吊车，连最轻便的自行车也望"山"兴叹，他们只有肩扛手提，只有负重徒步。与他们一同并肩作战的，是沉默的骡队，是一次一次上山下山的疲沓脚步。

在本无通途的逶迤的山岭间建立一道通途，是开发香山之人的理想，也是铺路人的理想。但是，没有人会记得他们，我知道的。这些操着外地口音、吃苦耐劳的男人，除了拿走一份属于他们的报酬，连名字都不会在香山留下一个。何况，这理想的实现该历经多少艰难啊，先用石头与泥土垫好路基，再用钢筋水泥浇筑好底座，最后才是铺上木头，做好护栏。日复一日，路一寸一寸地延伸着，他们也一天一天变得像沉默的骡子。

我们的到来，显然让铺路的人听到了一些声响，感觉很快活。那时正是走到了岔道口，他们高兴地将弓着的身子直起来，伸出手，向一条路指去："在那儿，不多久就能下山了。"他们还好心地提醒我们，一部分木头并没有钉牢，一定要踩在中间，踩实了再迈步。我看见他们脸上的汗水，晶莹、透明，在黑红的脸膛间发亮。我说谢谢，而他们却要谢谢我们。"你们是第一次从这儿经过的游客呢。"一个铺路人说。仿佛，有人享受了他们的劳动成果，于他们，即是莫大的福分。

"此中有真意，欲辨已忘言。"这，又是一群香山的修行者了。

踩着咯吱咯吱的木头,我闻见源自丛林深处的香气,在香山弥漫、回旋,久久没有散去。回过身来,又听到"笃、笃、笃"敲击木头的声音,铺路人的身影渐渐远了,直到湮没在时间的尽头。

用来想象的仙

故事常常是这样开启的:"在很久很久以前……"没有人能说出一个确切的年代,考证永远不是接近神话传说的最佳途径。人们乐意如此,撇开凡尘俗务,暂时忘却肉身的滞重,拽住仙人的一小截衣角,坠入云里雾里,在时间的纵深处尽情地飘啊飘啊,周而复始,不厌其烦。

我被这样的故事滋养多年,自小对云鬓高耸、衣袂飘飘的仙女深怀向往之心。依我幼时便具有的简单判断,仙人大致可分两种:一种是直接降生于天庭的仙,比如玉皇大帝和王母娘娘;一种是凡人得道抑或受仙人引渡而升仙者,比如韩湘子和许真君。有意思的是,真正的仙人常有思凡之心,羡慕人类一生一世的相濡以沫,比如爱上董永的七仙女。而那些自人间升入天界,获得了永生的仙人,则成为世人永远膜拜的偶像。

如今想来，升仙的传说多么符合中国人形而上的精神追求，可长生不老，可上天入地，可完成凡人所不能为之的无数种可能。而在人们的向往中，成仙又是凡人通过努力和修炼有机会实现的事情，比如惩恶扬善，比如扶贫济困，比如苦练修道。千百年来，人们在口耳相传中不断地塑造和完善着仙人的故事，同时也建构起了朴素的精神信仰和道德约束。

刘禹锡在《陋室铭》中说："山不在高，有仙则名。"抚州南城的麻姑山便是这样一座以仙而名的山。你想啊，古往今来，修仙的人那么多，成仙者却只是凤毛麟角。方圆千百里，唯南城出了一位传颂千年的麻姑仙。于是，丹霞山这个原名终被人们遗忘在久远的过去，麻姑山之名则早已传扬四海，甚至引来争相效仿者。

抚州的天气连日大雨，仿佛天幕被撕破了口子，哗啦哗啦不依不饶地下，完全没有停歇的迹象。我们抵达仙都广场的时候，尚撑着雨伞，乌云阴沉沉地压在山顶，似乎要随时来一场暴雨，将我们的肉体凡胎打成落汤鸡。谁也没有信心期待一个奇迹的出现，然而刚走过汉白玉桥，雨忽然就变小了。同行的叶兆言先生当即提议，乘着这份好光景登山。

拜望麻姑，是为此行的第一个目的。山环水绕，麻姑渐露身形，原来是当地为麻姑新塑的一座雕像，立于群山之中的一处峰顶。当我们齐聚于麻姑脚下，仰望端着美酒的麻姑真容，不经意间发现，头顶的天空已经瓦蓝瓦蓝，朵朵白云悠闲地游荡其中，多日不见的太阳也适时地金光四射。难道，这就是仙的灵性照临大地，眷顾我们？

在南城，关于麻姑升仙的故事至今人们仍津津乐道，但版本却并不止一个。一说是麻姑与其嫂至山中，于大松树下掘得婴儿状茯苓，麻姑饮其汁殆尽，而后飞升。另一说则是麻姑入山拾薪，麻姑晏坐林间，众鸟衔薪而至，为其弟所知。麻姑知神异已泄，遂弃家仙去。无论哪种传说，都离不开一座草木葱郁、幽深神秘的山。在亘古的时光中，深山老林由于动植物的繁茂生长，常常扮演着生发传奇的角色，譬如一条横扫山川的巨蟒，譬如一个伏地千年的何首乌，譬如一棵开口说话的古树，譬如一条知恩图报的鲤鱼，成精，成怪，成灵，成仙，或作恶多端，或造福于民，或谆谆告诫，或情深义重，在人们的奇异见闻和加工传播中，愈来愈散发出想象的魅力。

麻姑自然是一位善仙，她赐福予百姓的传说，像清晨山林中晶莹的露珠，数也数不过来。古传麻姑山有三十六峰、十三佳泉、九十九座庙宇、五大潭洞，莽莽苍苍绵延几十里，远非人力可以探查其中的每一寸肌理、每一处秘境，最宜人们纵情地驰骋想象：家乡遭受旱灾的时候，她衣袖往空中一甩，甘霖洒遍山山岭岭、沟沟壑壑；放牛小孩掉进深潭的时候，她显灵救起，将小孩平安送回人间；耕田人送出牛鼻绳的时候，她神奇指点，牛便通了人性，懂得转弯……

麻姑，被人们赋予了太多一生无法抵达却又心向往之的意义。因了麻姑，那些获得解决的困厄，那些风雨雷电的暗示，那些天地自然的福报，那些长生不老的渴望，都有了一个具体的指向。多少年来，麻姑仍是十八九岁的清秀样貌，但寿命却远超彭祖。据说，彭祖八百大寿时，她笑称彭祖小孩，彭祖遂开门迎接，方知她曾亲见东海三次变成桑田。这一传说，后来成为成语"沧海桑田"的典故之源。南城人把这些故事讲啊讲啊，一直讲成了乡愁。老辈人对晚辈人讲，当地人对外地人讲，从山区讲到城市，从过去讲到现在，一代一代，代代相传。时间让传说愈发有了历久弥坚的向度，到2006年，"沧海桑田"的故事被列入江西省第一批省级非物质文化遗产名录。

南城人是既务虚又务实的。在麻姑的仙气萦绕中，他们在麻姑山下大面积地栽种水稻，并培养了自己的专属品牌，叫麻姑米，种得多了，就把南城种成了"赣抚粮仓"。他们取用麻姑山的清泉和优质糯米精心酿制，采集麻姑山芙蓉峰的特产首乌、灵芝等二十余味中药材，陈年封缸三年以上，制成麻姑酒。他们还在麻姑山上遍栽茶树，制成以绿茶为主的麻姑茶。后来，又有了麻姑仙枣、麻姑矿泉水。以麻姑之名，仙人的光辉，福泽了南城这片土地和世世代代生活在南城的人。

如此，麻姑仙的故事，永远不会被时间遗忘了。

历史上，循着仙踪来到麻姑山的人，我们不是最早的，也不会是最后一群。古来仙和道常连在一起，修道，必择山高林密的幽僻之处，隐遁下来，有云遮雾绕，仙气袅袅。但凡有仙迹遗留之处，便是道家的绝佳选项。这样的地方，多么适合汲取天地精华，参透万事万物之真谛。东晋的大医药学家葛洪选择于此修道炼丹，在历史上不会是一个偶合。他来的时候，麻姑山仙境依然，有秦汉碑刻，有洞天福地，有溪涧清流，有峰峦叠嶂，有飞瀑凌空……还有什么地方比这儿更清静，更适合觅一条通往天上的道路呢？

再后来，邓紫阳真人来了，五湖四海的道士、名流、显贵也来了，麻姑山一度成为东南一带的道教中心。现在，我们登上麻姑山，仙都观还在，修道的人也还在。进入三清观，几位道士亦与画中的仙相似，着宽松大袍，须发飘飘，颇有一番仙风道骨。一位年轻的道士，穿着黄色的道服，发髻束在脑后，正伏案画着一种运笔流畅但我们无法破解的符号。他说，他写的是公文，文字竖排，大约是某种仪式的邀约函。一位老道士坐在香案边，须发皆白，口中念念有词。叶兆言先生的夫人意欲上香，询问香钱，他只轻轻地摆了摆手，说："随意。"一声"随意"，便将山间的理想清气和人世的浊重俗念区分开来。我看见墙上贴着关于太岁的生肖说明文字，想起自己也曾在本命年谨言慎行，按时作息，遵从日月星辰和自然规律的指引。

077

蓦然发觉，道其实早已丝丝缕缕地沁入了我们的生活。

朝代更迭，麻姑山因山水奇丽和传说绝美，吸引了更多的游玩者和朝觐者，也引发了更多的诗文咏叹。那么多的文人士子、诗书大家都嗅着仙风道气来了。谢灵运、曾巩、白居易、刘禹锡、李商隐、晏殊、杨万里……他们留下的九百多篇诗文，至今还在民间传诵，他们吟咏过的麻姑山，至今还被人们不断书写。这座山的文化底蕴益发厚重了。

只是，再没有什么比颜真卿留下的楷书《麻姑仙坛记》更足以辉映麻姑山的仙气了。唐大历六年四月，时任抚州刺史颜真卿登上麻姑山，游览仙坛，眼望云兴霞蔚，耳侧鸟语花香，一时心情大畅，挥笔写下了全名为《有唐抚州南城县麻姑山仙坛记》的楷书字碑。碑文记述的，是仙女麻姑和仙人王方平在麻姑山蔡经家里相会的神话故事，以及麻姑山道士邓紫阳奏立麻姑庙的经过："麻姑者，葛稚川《神仙传》云……麻姑至，蔡经亦举家见之。是好女子，年十八九许，顶中作髻，余发垂之至腰……"九百零一个字，字字苍劲古朴，骨力挺拔，为后世习书者留下了永远的楷书范本，亦为南城人世代相传的故事留下了永远的依凭。

正是："曾游仙迹见丰碑，除却麻姑更有谁。"

站在鲁公碑亭瞻望被誉为"天下第一楷书"的《麻姑仙坛记》，不禁想起自己许多年握着毛笔临习楷书的时光，那浑厚、端庄、刚毅的颜体字帖,曾经是我们争相摹写的典范。只是,那时候我们尚不知这一本帖。如今我们的目光一个字一个字地抚过拓本,不禁遥想,如若多年研习《麻姑仙坛记》,至夜静更深、灯火迷离之时,会不会有麻姑仙自星光中降落寒舍,款步向我走来?她离去的时候,是不是像年画中的仙女那样,一脚踏上云端,手臂纤长地指向天空?

行至醉仙湖,忽然乐声四起,一群云鬓霓裳的女子在青山绿水间翩翩起舞,姿态曼妙轻柔,在氤氲水汽中若隐若现,亦真亦幻,我仿佛正处于瑶池仙境。一阵风带动女子轻柔宽松的水袖,飘飘欲仙,那轻盈的小身体似乎就要飞上天去。想象有无穷无限的广度,譬如现在,以排山倒海之势朝我奔涌而来。我于不经意间挪动着自己的脚步,在恍惚中勾勒出属于自己的高处和飞翔、仙境和远方。这,也许正是仙的意义之所在。

如果我们生存的世界只有辩证唯物主义,没有仙,没有带你走入秘境的故事,没有让人脑洞大开的传奇,这个世界将多么无趣、空洞、苍白。当我们身在童年,多么需要在外祖母摇着蒲扇,喋喋不休地讲述中,沉入瑰丽而旖旎的梦境。当我们步入成年,多么需要在俗世的纷繁中为心灵保留一方纯净的天地,相信美好,并珍视善意,在快要沉陷于泥淖的时候,还能想到,天上有神仙在看着我们。

想起家乡方言中的那个"仙"字,"来我家仙下子""你蛮有仙""带妹子去仙"……那些与"仙"有关的词句,真是将"仙"的民间文化发挥到了极致。一个"仙"字,集游玩、轻松、休闲、愉快、亲昵等等意义于一身,恰与劳累、负重、病痛、苦厄这样的词语两相对照,映衬出生活之美好。是的,此刻,我不也正在南城的麻姑山上"仙"吗?仙,是遥迢的想象,又如何不是现世幸福之一种?

多么幸运,我的世界里还住着想象,住着仙。

从一脉清泉开始

每一株草木,都有它的始祖;每一支水系,都有它的源头。我曾徘徊在赣江边上,目睹它的奔涌;我曾荡舟于鄱阳湖中,感慨它的浩渺。而今,我顺着相反的方向,走到了它们的源头上来。这个源头,就在我的家乡瑞金。多少年来,它离我如此之近,而我却几近于熟视无睹。促使我走近源头的人,是一个异乡的行者凌翼。我该为我的故步自封而感到羞愧了。

无论如何,我走在了这么一条探源的路上。

云下的村庄

一脉清泉可以滋养多少个村庄?一条河流可以衍生多少种文化?究竟是河流绕着村庄走,还是村庄依着河流建?自古以来，人们聚水而居，多少人类文明就这样在浆洗灌溉中生发、形成、流传。

一个天气晴好的日子，我与作家凌翼、日东林场场长杨小毛坐在同一辆车子上，沿着一条河流，逆向而行。我戴上了眼镜，不停地张望着窗外，想要好好温习一下村庄的模样。在一次次转弯的瞬间，一座座山包的夹坳处，一个个村庄不期然地与我们劈面相逢。凌翼喜欢研究风水，乐于根据山形地貌水势推测每一个村庄的大致情况，比如人口的多寡、田土的薄瘦、村庄兴旺发达与否。在日东乡工作多年的杨小毛场长，无疑对这些早就了如指掌。一路上，他不断地佐证和补充着凌翼的论断，二人因相同的观点相谈甚欢。我是一个彻头彻尾的观察者和旁听者，似懂非懂，但也饶有兴趣。

我把更多的精力花在了窗外的风景上。那些被红绿黄染色的山丘，那些由禾苑构成简约几何图形的田畴，那些低洼处密集起来的丛林，那些掩映在枫叶之间的屋脊，都是村庄之美的一部分。这样的图景，总是让我情不自禁地想起故乡麦菜岭，想起那种鸡犬相闻、阡陌交错的纯粹生活。然而现在愿意居于田园的人已经不多了，何况纯粹的安静的生活也已成明日黄花。世事喧嚣，人们脚步匆匆地追逐前行，还有多少人愿意停下来叩问自己的内心？

我还是看见了纯粹的蓝天和纯粹的白云。在赣源村，我只需稍微一仰头，就被缎子一般的蓝震住了。这样一种纯粹的蓝，没有一丝瑕疵的蓝，充当着村庄的背景：那黛绿色的老屋的背景，那深褐色的竹篱笆的背景，那焦黄色的板栗树的背景，那朱红色的真君庙的背景……白云是从什么时候开始悠悠然飘过来的，我们都没有察觉。我看不见它在移动，只知道它忽然就铺在了苍穹之上，鳞片一般，薄薄的一层，突破了蓝天的单调，有略施粉黛的意味。这是怎样一种纯粹的白，与尘埃、阴霾、灰暗这样的词汇形成了世界的两极。它是不屑于和世俗为伍的，只活在我们仰视的天上。

可是分明有一团柔软的东西，随着那一片片纯净的白云飘进了我的心里，给予我柔软的情愫、柔软的念想、柔软的松弛。我看见几只母鸡在门前的空地上闲庭信步，优哉地啄食；我看见几头黄牛卧在屋后的旱地上甩着长尾，惬意地反刍；我看见几条狗儿跟随在主人的身边迈着碎步，自得地撒欢。屋檐下有码得齐整的柴垛，篱笆上有低垂着头的丝瓜藤。每一间厨房里，都有一个慈眉善目、热情得近乎碎嘴的妇人……那些宛如清唱的客家乡音，从一个着蓝色布衣的妇人嘴里吐露，总让我以为遇见中古汉语，平上去入，每一个音节都带我切近唐宋。

这就是赣源村，这就是千百年来被赣江源滋养的地方。无论世事如何变迁，它依旧显得如此质朴和纯粹。一脉清泉从赣源崟依山而下，缓缓地流经这座古老的村庄，滋养着这里的人、这里的畜、这里的庄稼，以及这里的草木。村庄盛产板栗、香菇、笋干等山货，清溪里游弋着成群的鱼虾，它们还没有被人世的化学制品污浊，还保留着大山原初的纯净。听说，每年都有上面的人来检测这儿的水和空气质量，然后根据检测情况对村民给予一定的补贴。村民世世代代靠山吃山，靠水吃水，远离现代工业，没有大奢望，也没有大企图，默默地经营着一份本真的生活。

一座村庄因一条清流而灵动，一种生活因一脉甘泉而澄澈。此时桃花还未开放，但我的内心却被"世外桃源"这样的词汇一遍一遍地魅惑着。这云下的村庄、这原初的境界，只有他们配得上"赣江源"这一干净的称呼。

天上的流泉

没有人知道，赣江源这一脉流泉是从哪年哪月哪日开始了它在尘世里的旅程。在经验论里，人们早已习惯有山的地方便有泉，有泉的地方便万物生长。我更愿意相信，那山巅上的泉水，是天使落进人间的一串珠翠。

溯源之路，多么像通往天上的路。车子长时间地在盘曲的山峦间回环往复，似乎在上升，又似乎在下降，总也望不到头，总也不知道拐个弯将遇到什么。我捕捉着路边的溪涧，然而那一泓清泉，一直在与我捉迷藏，一忽儿出现了，一忽儿又消失了。野生的蕨类植物不时拂在车窗上，它们粗壮的枝叶已接近木本植物，在这无人干扰的地界才能长得如此放肆吧。

一辆小四轮车迎面驶来。在狭窄陡峭的山路上，让车是件极其艰难的事。杨小毛说，如果是自己这边的车，一般会预先通气，以免交会的。显然，这车是外地的了。"这儿是石城，这儿是长汀，这儿才是瑞金……"一路上，杨小毛指着四面的山告诉我们。其实我早已辨不清东南西北，只是模糊地知道，这一路上，我们行走在武夷山脉中，已经跨过了两省三县。

赣江的源头古来多争议，直到2001年江西省科技厅立项，成立了"赣江源头科学考察组"，经过精细的勘测，才最终确定赣江发源地在江西省瑞金市与福建省长汀县交界的赣源岽。然而由于某些地方的过度宣传，这一真相长期不为人知。一位邻县的文友便以源头所有县的公民身份而自豪，永远坚信源头非其县莫属，与他地无关。一个人真诚地热恋自己的家乡，无论如何都值得称许，只是剑走偏锋的狭隘私念，终究有悖真相。就像这天上的流泉，它是自然对人类共同的恩赐，需要的是发乎肺腑的呵护和利用，而不是利益驱动下的占有和掠夺。

事实上，在地域亲缘交错的边际，谁又能说得清楚，哪一株树、哪一棵草、哪一片叶、哪一滴水归属于何地何人呢？传说清末时期，瑞金县日东乡湖阳村的地主李秀金在赣源岽附近买下了大片山林。后来，他的宝贝女儿外嫁福建长汀，李秀金又以山林作陪嫁，送给了他的女儿。由此，江西的山林又成了福建人的财产。其实，这样的事情在历史上并非罕见，福建人把山林陪嫁到江西的事情也多有发生。这种山，日东人把它们叫作"插花山"。"插花"，你中有我，我中有你，多么形象的比喻。

坐车到一个密林幽暗的路口，我们开始了奔向源头的徒步攀登。枯叶在脚下铺了厚厚的一层，踩上去"喳喳"地响着。阳光从头顶上使劲地往林子里钻，涂了一地的斑驳。我们在林子里遇见了各种珍稀动物的标识牌：戴叉犀金龟、阳彩臂金龟、黄腹角雉、白颈长尾雉……可惜它们全都藏了起来，不肯露面。杨小毛说，运气好的时候可以逮到麂子呢，麂子肉那是相当好吃。我担心这茂密的森林有长虫出没。杨小毛说，蛇也聪明着呢，听到人来，早远远地躲开了。

杨小毛场长已经年近六十，可是他走在前面，健步如飞，如果不是为了照顾我们，准得将我们远远地甩在后面。多年的山林行走，他练就了一副好体魄，也练就了承受孤寂的能力。自从十几年前调到赣江源保护区，他便习惯了与清泉、虫鸟为伍的日子，常常是一两个人带着干粮就上来巡山，一巡便是一整天。"隔几天不来听一听泉水声，我反倒不习惯了呢。"他说。

是啊，护住了这些树，守好了这片山，便涵养起了一潭好水。

赣江源头的水，一路流经日东河，流向绵江，汇入赣江，经过了8个市51个县，最后注入鄱阳湖。"不积小流，无以成江海。"这一路上，有多少人喝着赣江源头的水长大。要是源头都不干净了，后面的人又怎能喝到放心的水？在他们的不断奔走和努力下，赣江源保护区已升级为国家级自然保护区。未来，会有更多的人力和物力投入到源头的生态保护事业中。

经过两个多小时的跋涉，终于站到了赣源崃的制高点。一块由江西省水利厅立的石碑矗立在山巅上，刻有"江西当代徐霞客"之称的程宗锦先生题写的"赣江发源地"几个大字。我们所处的位置，已经海拔1151.8米了。一棵杨梅树静静地伫立在石碑一旁。风吹过来，树叶哗哗地响起，仿佛要将这些年见证的故事一一倾吐。

站在了发源地，却依然没有看到水。水在哪里？杨小毛说还得往下走才能看到成股的泉水。于是我们又走在了一条陡峭的下山路上。终于听到淙淙潺潺的水声，一阵清凉的感觉透过树林奔涌而来，我知道我们已经接近那股泉了。

近前，三块巨大的石头上，"赣江源"三个鲜艳的红漆大字映入眼帘。水是极细极细的一缕，顺着山势，从小小的峡谷中间流淌而下，越过凌乱的石块，越过青青的苔藓，越过伸长了腿脚的白茅，冲出了一条小小的水路。我极担心它很快就将被阻挡被湮灭，最终被扼杀在凶险的大山里。

事实证明，我的担心是多余的。顺着水路越往下走，泉水变得越来越大，越来越急了。也不知是从什么时候什么地方起，便有了新鲜的泉水不断加入源头的队伍。它们越来越壮大，越来越欢腾，以至于在一些陡峭的石块间，形成了瀑布，跳起了花样舞蹈。我知道，越往后，它会变得越壮大，越欢腾，直至波澜壮阔。它将流经八万多平方米的广阔疆域，滋润田土，滋养人畜，滋生一个又一个万物疯长的春天……

　　从一脉清泉开始，生命延亘千年，世界光芒万丈。

奔流或安放

龙潭奔流

时隔五年,我再次登上井冈山,是奔着龙潭来的。那时走马观花,只在红军大道的摄影展中窥见过它。此次我舍弃了很多景点,只想将未竟的遗憾,一并弥补了。

穿过刻有"龙潭"二字的拱形门洞,一头便栽进了一个清爽爽的别样洞天。行走在山间栈道上,林荫蔽日,遮阳伞、遮阳帽早成了累赘。空气变得湿润,一股清新甜润的山风扑面而来,令人身心俱怡,不由得产生"天然氧吧"的感慨。空灵的鸟鸣,淙淙的水声,大自然的一切天籁之声集合成一部音域宽广的交响乐,不由分说地掠过耳际。我欲寻找声音的源头,密林却是一个巨大的隐匿所,将蝉虫的蛛丝马迹消隐得干干净净。

　　长寿泉在一个天然岩洞里，泉水不大，从岩缝间滴落下来。上方没有溪谷，也不幽深潮湿，至于泉从何来，无从得知。世间毫无缘由的事情，常常这样真实地发生着，譬如爱，譬如一眼千年的惦记，譬如眼前的这股涓涓流泉。长寿泉成就了一个奇迹，亦成全了岩壁上这些喜阴的蕨类植物。它们得泉水滋润，贴着山壁惬意生长，油绿而又旺盛。于是人们都说，喝了这泉水，可得长寿。唯心或者唯物，付之一笑耳。

　　顺着山势渐往下行，声势浩大的水声渐渐由远及近，遮盖了一切响动，兀自在耳边轰鸣起来。及至近前，但见水汽裹挟着山风，呼啸而下，这便是气势最为磅礴的碧玉瀑了。悬崖陡壁间，一股来势凶猛的山泉，自67米高的峻岭之上飞奔而下，迅速地跌落深潭，那么决绝、那么义无反顾，仿佛竭尽了全力奔赴一个没有退路的约定。如果她是一个烈性的女子，那一股股拧成一团、纠缠交织、拥挤着碰撞着的飞瀑，又何尝不似女子纠结的心事？而那溅起的水雾，定是她用生命开出的绚丽之花了。据说，此瀑又称青龙瀑，还有一个动人的传说。相传远古时东海龙王在龙潭水域安家立业，建立了巨大的龙宫。龙王生有五个女儿，这龙潭五瀑即是五位公主在山间尽情戏耍、争娇竞艳的倩影。眼前的这道瀑布，便是大姐青龙公主了。我不禁再次抬头仰望，瀑布从半空急速跌落的样子，的确像极一条青龙从空中飞身扑下。

一汪深潭,接住了这一腔壮烈的奔赴,飞扬的水花于是从激越逐渐转为平静。击打易生冲突,而包容则生发和煦,人如是,泉亦如此。你看那宽阔的潭面上,碧玉般的潭水清澈晶莹,缓缓地回旋着,似乎蓄满了一腔柔情,恰似已收敛了性格中张扬的一面,贤淑如斯。而周边山石各得其所,将碧玉潭围成了一个不规则的圆,游人争相跳上去,合影留念,许是都被这天地间的神奇造化所震撼。亲近自然是人类的天性,更遑论这样壮观的景象了。对龙潭的喜爱与探寻,郭沫若先生可算是一位先驱。他1965年上得井冈山龙潭,那时山里不仅没有索道、栈道等设施,连一条羊肠小路也没有。可是郭老听说龙潭山奇水异,游兴大发,披荆斩棘,扶樵踩草攀崖而下,硬是连下三潭,并留下"四山佳木倚天剑,一枝兰花碧玉簪"这样的传世佳句。

整个赏瀑的过程是沿着溪水的流向一路朝下的,山峭为瀑,水缓为溪。锁龙瀑、珍珠瀑、击鼓瀑、仙女瀑一一呈现眼前,给予观赏者连连惊喜。它们或铿锵激越,或婀娜多姿,各有各的姿态,各有各的韵味。有的如珍珠落玉盘,有的似山中击响鼓,有的像玉颈佩金锁,更有窈窕淑女翘着兰花指慵懒梳妆的静美。听不够的潺潺水声、空山鸟语,亲不够的沁凉流泉。千峰碧翠,溪水时隐时现,半含半露,使人如入清澈透明之境界,身心了无杂尘。"问渠哪得清如许，为有源头活水来。"俯身于水势平缓的溪涧，水清冽，能清晰地望见溪底的棕色卵石。掬一捧晶莹剔透的溪水，你不禁要感叹世间至纯至净，亦莫过于此。而现实里，当钢筋水泥的丛林纷纷矗立，如龙潭清泉这样纯净的事物，已经愈来愈稀少了。

在龙潭，我常常禁不住要给山水附上性别。山是阳性的，刚毅坚韧、棱角分明；而水则是阴性的，婉约旖旎、轻盈灵动。水因山而奔流，山因水而有灵气。说不清是山成就了水，还是水怡养了山。山水融合，阴阳交汇，相辅相成，不正如人与自然的相依相偎吗？山水与自然的滋养，那是我们祖祖辈辈生命的原乡。我想，唯有尊重山尊重水，才是敬重生命的根本。

竹隐群山

元稹诗云："曾经沧海难为水，除却巫山不是云。"在行走井冈山之后，我的脑海中时常闪现着这么一句话："井冈归来不看竹。"虽有些蹩脚模仿之嫌，但真切地表达了心中那种亟欲释放的情感，似块垒在胸，颇觉不吐不快。

车行在攀向井冈山的盘山公路上，放眼望去，无处不见竹子的身影。它们似乎铁了心要占领这块根据地，层层叠叠、密密麻麻、郁郁葱葱，从山脚到山腰，再递升至山顶，牢牢地攥紧了生命的主动权。像这样在群山间肆意生长的，该是毛竹了。这种竹在我的家乡亦随处可见，但远不如井冈山的竹来得密集、来得汹涌，像波涛一样在崇山峻岭间翻滚、盘旋。

在通往杜鹃山的索道上，我又一次见识了井冈山毛竹的澎湃气势。从空中俯瞰群山，巍巍五百里，山巅岗峦、陡崖石隙，皆是丛丛翠竹。一棵棵竹子昂扬地向着天空，向着阳光，挺得笔直。当风从山间掠过，无数的竹子一齐向着某个方向婀娜着身姿，恰似一场气势恢宏、场面巨大的舞蹈。那是一种堪与海洋媲美的浩瀚，满山遍野的竹林，在云遮雾盖之下，无论你往前还是往后，往左还是往右，总不知何时才能望到尽头。它们见缝插针，岩石也好，陡壁也罢，没有什么能够阻挡毛竹生长的脚步，只将生命的肆意展现得淋漓尽致。我忽然想起前些年教课的古诗："咬定青山不放松，立根原在破岩中。"我讲得口干舌燥，试图将一种精神灌输给孩子。背诵自然是没有问题的，但至于是否真正懂得，我无法估摸。如若让他们也上一番井冈山，真正地见识一下井冈山的竹，兴许一切又会是另一番模样。

认识井冈山的竹，绕不过那一段红色的历史。革命战争年代，红军战士用井冈山的竹子搭帐篷，做梭镖，当罐盛水、盛硝盐，当碗蒸饭，还用它制扁担、做吹火筒……可谓将竹子的功用发挥到了极致。更可记载于史的是，在黄洋界和八面山上，红军还用它摆过三十里竹钉阵,退敌神勇,胜过枪弹。天时地利人和,大智慧与大勇猛俱在,红军焉有不胜之理?

记得很小的时候看书,读到《朱德的扁担》这个故事,对红军那种同心革命的情怀深有感佩,在扁担上刻字的那个情节至今记忆犹新。我的家乡麦菜岭亦用竹子制成扁担、禾杠、竹篮、箩筐等诸多农具,父亲喜欢在上面刻上"钟××记用"几个字。年纪极小的时候,我就拥有了写有自己名字的禾杠,常常扛着它上山打柴火。今天的农村娃早就告别了艰辛的童年,他们坐在学堂里上课,偶尔得空想起竹子来,便是将之做成弓箭或弹弓,打打鸟,射射树上的果子,权当嬉戏。城区的小贩喜欢制作一种竹筒粽子,圆圆的竹筒,内填糯米,蒸熟后香气四溢,散学的孩子从校门一出来,便蜂拥而上。竹子于今天的孩子而言,只是美景、玩具和美食的代名词了吧。从井冈山的革命出发,整个中国大地上,人们的命运发生了翻天覆地的变化,竹子又何尝不是见证者?

后来,我进入井冈山的百竹园,更是惊叹自己 OUT 了。枉生三十余载,吃过竹笋,使过竹器,但真正认得的却只有毛竹,殊不知世间有种类如此繁多、形态如此各异的竹子。光是一个占地 200 亩的百竹园,便依序生长有 120 余种竹子。对井冈山的竹,我除了感叹,还是感叹。

沿着石径进入这个竹子的大观园深处,行人不多,宁馨静谧，身心陡然清静。山风习习，偶闻鸟鸣，真是一个幽雅的好去处。无怪乎从古至今，爱竹咏竹的名人雅士层出不穷，留下"叠石流泉，茂林修竹""宁可食无肉，不可居无竹"等千古名句。小时候，我家屋后便有一小片竹林，我时常在竹林里度过午后的幽静时光，粘蝉、爬树，看细碎的阳光自竹叶的缝隙洒下来。雅致情怀自是不懂，只是一种本能的喜欢，自心底里萌生出来。初学国画的时候，最喜欢画的便是竹了。拿毛笔往宣纸上一挫，便是一茎逼真的竹，也许和自小在竹林中浸淫不无关系。然家乡的竹是无论如何也比不得井冈山的竹。你想，小小的一方竹林亦能挑动许多的欢喜，何况这蓬蓬勃勃、苍苍翠翠、密密层层的巨大竹园？

　　方竹应是百竹园内的代表"人物"了。这是一棵有故事的竹，它的奇特，在于其余竹类都长成圆的，而它却生生长出了四方形的竹竿。传说山里一对青年男女对歌传情，私订终身。但女方家长横加刁难："除非山里天地变，竹子成方送女来！"于是，男青年每天都要用手在竹子上使劲捏，捏呀捏，一直捏了三年，最终感动了在此路过的财神爷。他撒下一把铜钱，山上新长的竹子便都成了方形。有情人终成眷属，方竹亦成了坚贞爱情的象征。当然，这个故事的版本有很多种，但都和爱情有关。我的家乡铜钵山，据说也曾经生长着许多方竹。当我跋山涉水前往寻找方竹时，却难觅影踪。有时候我甚至会想，它们是不是在某一个月黑风高的时候，集体投奔了井冈山？

在百竹园内，和爱情有关系的竹还有湘妃竹。湘妃竹又名斑竹，亦称泪竹，竿上生有黑色斑点，就像斑斑泪痕。此泪自有来历，传说舜帝的妃子娥皇、女英千里寻夫，找到的却是舜帝的坟墓。二妃连哭九天九夜，血泪流干，洒在山间的竹林中，于是便有了泪痕点点的湘妃竹。"斑竹一枝千滴泪"，我情不自禁地抚摸着这一滴一滴的泪斑。它们像一双双目光深邃的眼睛，望穿了千年的时光。女子之恋，总是这般痴心难掩，愿为一人淌尽血泪，无怨无悔。

石径悠长，隐藏在竹林中，一路向前，又见到诸多形态各异、种类繁多的竹子，有弧状的、球形的、实心的、空心的，匍匐于地的、直逼天空的，弯的、直的，像龟背的、像佛肚的，紫的、绿的、黄的，红边竹、白哺鸡竹、黄甜竹……各种闻所未闻，名字生疏的竹依次呈现眼前，令人不禁要感慨世间物种的繁杂，鄙薄自身见识的浅陋。我仿佛是刘姥姥进入了一座令人眼花缭乱的大观园，看不够、赏不完。走走停停、歇歇看看，总愿意一直徜徉在这竹的海洋里，拥抱无边的青翠，一直呼吸这一山幽幽的清香。山间的野果子不时撞入眼帘，溪边的竹梆子偶尔砰然作响，显得趣味盎然。一个男子在路旁削竹筒，一刀下去，竹子中间的横隔啪啪碎裂。我上前一试身手，却力道相差太远。这看似悠闲的劳动，实则辛苦矣。

晚上,我在天街闲逛,看见许多竹子制成的手工艺品,小玩意儿、挂饰不一而足,还有笋干、竹荪等井冈山的各色特产。在井冈山,成立了专门加工竹子的公司。在那儿,竹子被加工成凉席、竹床、竹椅、竹帘、竹地板等各色实用商品,为井冈山人民带来巨大的经济收益。战争年代,竹子是井冈山的宝,和平时期,竹子依然是井冈山的宝。

竹子,真正成了井冈山之魂了。

湖 上

在灵湖亲吻一枝芦花

我亲吻过一枝芦花,在灵湖。

彼时偌大的湖滨公园人迹稀少,仿佛这阳光、这空气、这水域、这广阔的天地,都是为我和芦苇设下的盛大筵席。

深冬了,天气却暖和得让人忘了季节的存在。临海市有那么多名胜古迹,比如台州府城墙、紫阳老街,为何我一下车转头就踏入了灵湖的领地,谁知道呢。

事实是,一个人最适合临水而行,最适合透过水照见自己的冷清。这时候,越安静、越空旷、越孤单,越好。我记得,去年秋天游西湖是这样的,游太湖,也是这样的。然而无论西湖还是太湖,都不如今日的灵湖,完全放空了身心,只等我一个人闯入。

踩在灵湖广场的地砖上，平展展的湖水铺陈到眼前来，边际还在目不能及的远方，瞬间领悟到个体的小，是一只蜜蜂落入万花丛中的小。抬头看，对岸的小两山上，一座塔孤零零地以尖顶刺向天空。世界那样清朗广阔，这座形单影只的塔正好与我互为参照。在时间的永恒处，一座塔显然比我思考得更深，参悟得更透。反正他有耐心，守着这山、这湖，几百年几千年地站下去，而我不能。

我放不下身边的俗务，又觊觎远处的风景，还没有一直待下去的理由和能力。我只能紧紧地拥抱着眼前的所有。环着灵湖缓慢地行走，吸入干净的空气，调整视觉的角度，努力地从萧索衰败的景物中寻出美来，就像老年人声情并茂地唱《夕阳红》那样。

路旁的池塘里，残荷与枯草交织，蓝天与池水对应。荷茎倒伏下来，横竖交叉，一幅写意画便有了立体感的萧瑟之意。季节的更替，万物的枯荣，如此醒目地提示着生命的朝向。是的，此刻，我也正走在老去的路上，没有任何回旋的余地。只是植物仍有春天可期，而人没有回头路可走。

四十岁，是一个令人忧心忡忡的分水岭。这些年，我越发喜欢观察同龄人衰老的迹象。有人头顶开始飘雪，有人脸颊日渐深陷，有人腰背松垮下去，有人笑纹像湖水漾起的涟漪一样，以眼部为中心一圈圈扩散开去。眼袋、法令纹，越来越寡淡的欲望，我在与他人的不断对照中时而庆幸、时而沮丧。皮肤保养品越用越贵，更多只是心理安慰罢了，谁能拿地心引力有什么办法呢？

就像这1200亩的灵湖水，还不是服从地心引力的安排，乖乖地陷入小两山和五峰山的怀抱，眼看着世人来了又去，草木生了又灭。

湖边是绵延几千米的芦苇丛，它们是一个庞大的群体，挨挨挤挤，依水而繁盛。眼下，绿意已从它们的身体里完全褪去，身子骨都枯干了，仍旧笔挺笔挺地站着，像年纪太大，面临最后归期仍不愿意驼背的老人。它们各自举着一朵硕大的芦花，像举着生命中最轻又最重的托付。

我走在亲水台阶上，每跨一步，脚下都有波光湖影，每行一寸，左右都是芦苇轻拂。我拍下它们，和湖水、远山、自己的影子一起，发给生命中最亲近的人。他说，真想和你一起看芦苇。"蒹葭苍苍，白露为霜。所谓伊人，在水一方。"总有一个人，将你的繁盛和落寞都经历过了，还愿意像举一枝芦花那样将你捧在手心里。而那个轻易写下"所谓朝颜，在水一方"的人，像无处不分叉的小溪一样，不知又流向了何方。

风一层一层地吹，芦苇一波一波地起伏。我不忍心折下一枝芦花，但它还是来到了我的手上。花瓣蓬松，是棉花的绵软，又是蒲公英的轻盈。我将它贴近脸颊，轻轻地拂过，感受到它的柔弱和熨帖，情不自禁吻了上去。芦花在唇边滑过的时候，我想起了女儿幼时娇嫩的小嘴唇，纵使再粗犷的人，也会被融化。凑近鼻尖，闻到一股温暖的阳光的味道。它的香味不招引人，却又如此素朴、如此贴心贴肺。一直以为，芦花是没有香味的，此时知晓，已误解多年。

从前，我们家乡把芦花叫作芒花，秋冬时节上山去采，一担一担地挑回家，花絮收集起来，做枕头的芯。这样的枕头，我枕了很多年。如今想来，我是和那些花瓣一起做梦的呵，难怪总是梦见辽阔的大地，梦见秋水长天，梦见一个人走了很远很远。捋了花絮的芦苇，连茎一起，又被扎成扫帚，柔软而小巧，区别于硬邦邦的大竹扫把，适合家里铺过水泥的小家小户，村里人一般是不用的。起初，我只在圩上的集市中、父亲工作的电影院里见到过，感觉更像是上班族或富有人家的用品。后来家里也铺了水泥，终于用上了芒扫帚，似乎一下子拥有了梦想中的生活。

不知不觉已经环湖走了大半圈，除了遇到一对陪孩子放风筝的父母，两个陪老人散步的年轻人，再无他人。灵湖赠我一整个上午的安静，令我不由得暗自庆幸和感激。我看了一下微信，似乎人们都活得热热闹闹，关心时事的，互相吹捧的，吆喝拉票的，顽固争执的……沉浸于对世界的片面理解中，并自以为掌握了真理，还强迫他人相信的人，越来越多了。

除了亲人，我没有更多的人可供分享幸福。置身世事之外，是多么难的事情。

站在几块大鹅卵石上面，我停下了脚步。风吹过来，青山、杨柳、拱桥在湖水中投下的倒影一时动荡起来，但很快又恢复了平静。听说，在一年以前，临海市曾经被台风掀了个底儿朝天。想来，那时候的灵湖，并不是平静的。

于是，我站在静静的灵湖身边，亲吻一枝柔软的携带暗香的芦花，像亲吻我全部的幸福与孤单。

陡水湖印象

1. 平湖

一出上犹县城，陡水湖的芳容便已若隐若现，那是湖的下游，她的绵延与悠长是我早有耳闻的。一条盘山公路沿水而筑，它蜿蜒曲折，又完全顺从了湖水的曲线，就像一个守望情人的痴心汉子，始终与之相伴相依、不离不弃。车行二十余里，极目之处尽是水，再行二十余里，放眼望去也还是水。

行至拦湖大坝，陡水湖终于揭开了她神秘的面纱。那是怎样的一个湖呵！她浩渺，让你无法将其揽入怀中，细细地玩赏；她开阔，让你无法眺望她的尽头，只能做一个大胆的揣测；她奉献，将蓄积的力量化为千万盏光明的灯火，照亮夜的黑暗。

一艘快艇，停在水上码头。我却只想要一叶扁舟，载着自己在湖心悠悠地漂。但日已偏西，我只能追随众人踏上了快艇。有时候，人的愿望拗不过时间的步伐。

快艇呈流线型，有着尖尖的前端。它像一条勇武的鲨鱼，极速自由地破水前行，打碎了湖水的安详与恬静。快艇两侧激起一尺多高的浪花，银白、闪亮、耀眼，所到之处，留下一条凹陷的水路，但很快又被湖水包容、掩盖。

疾风吹乱了我的头发。和湖的秀色相比，我将永远自惭形秽。她用翡翠色的眼睛，直击我的鄙陋。她的纯净透明、纤尘不染、宽容温顺，我一生也无法抵达。

在三江汇合处，湖面愈加宽广。此刻，夕阳撒下了一湖的金子，湖面漾起微波，将金色的鳞片层层堆起。我深深地迷醉了。

似醉非醉中，船已靠岸。

2. 孤岛

上得岸来，走进树木园，走进一座四面环水的孤岛。

一条幽深的林荫道牵引了我的脚步，我在恍惚间闯进了一个深闺少女神秘的腹地。竹柏、红豆杉、台湾相思树，以及一棵棵叫不出名字的珍稀植物，就这样静静地立在道路两旁，仿佛它们在世界的任意一个角落都会如此自然地生长。神秘的少女啊，它们可是你蚌壳里用心血养成的珍珠般的孩子，每一个都珍贵到无以复加。

古柏参天，山风轻拂，树木低语。鸟儿叽啾着掠过树枝，我无法捕捉它们活泼的身影，它们有自己的隐秘幸福。偶然滑落的一片树叶，擦过我的肩胛，似在诉说一个关于眷恋的故事。松针落了一地，我用沙沙的足音与林间的幽静相互唱和。

一架秋千，悬挂在古树上，孩子们争先恐后地爬了上去。秋千高高地荡起来，欢乐的笑声也远远地传开了。我禁不住这诱惑，也随之坐上去，舒展了自己的肢体，让惯性将我抛向空中。秋千慷慨地带着我飞翔，飞回一段遥远的童年时光。

一座吊索桥横架在湖面上，连接了去往岛中之岛的道路。人在桥上行，桥在湖中晃。桥身悠悠地晃动着你的身体，悠悠地考验着你的平衡。我不敢低头望脚下晃动的木板。木板下方，湖水深邃。这样的湖水曾不止一次地想要夺去我的灵魂，我感到前所未有的恐惧。

踏进岛屿之中的孤岛，空气愈加清新怡人。在这座天然的氧吧里，我尽情地吐故纳新，放逐现代生活带给我的浑浊之气，将负氧离子深深地吸入肺腑。石级上，裸露的树根随处可见。到底是树破坏了路，还是路惊扰了树？我像思索先有鸡还是先有蛋一样，思索一个简单到无法寻找答案的问题。

暮霭低垂，天色容不得我走完这座岛屿。在匆匆返回的途中，我将遗憾留在了孤岛上。

3. 水上码头

水上码头有一个诗意的名字——白云边。在天色将暗未暗之际，我坐在一把老式藤椅上，与码头上漂浮的木板一起轻轻地晃悠。

一些人身穿泳衣，像鱼儿般一个一个地跃入湖中，与湖水嬉戏游弋。据说，此处水深有十一层楼那般高，水温较低。我是一个十足的旱鸭子，没有勇气沉入湖中，等待湖水将我托起。儿时的我差点儿被水夺去了性命，从那时起，我再没有学过游泳。于是，我一生都只能站在岸边，羡慕别人的酣畅淋漓。

这个晚上，我所享用的是一桌全鱼大宴。端上桌来的菜肴，无一不与鱼密切相关，银鱼、石鱼、鳜鱼、雄鱼……群鱼荟萃。据接待我们的小蔡说，他小时候，曾和父亲从这湖边买回一条板凳一样长的鱼，只可惜味道并不是多么鲜美。

我望了望远处已然墨黑的湖面，心想在这平静安恬之下，湖水的深处，不知还蕴藏着一个怎样生动的世界呢。此刻，夜幕渐渐笼罩下来，水里的鱼儿也该暂时摆脱了弱肉强食的命运，静静地安睡了吧。

4. 度假村

希桥酒店，坐落在县城的制高点；京明度假村，建筑于陡水湖的侧畔。它们遥相呼应，成为赣南最早建起的五星级度假村。

无论是在城内抑或城外，只要你愿意，它们都足以安放你游荡的灵魂，给你一个舒适的休憩之所。湖光山色、鸟语花香、蓝天碧水、树影婆娑。不管是自然景观还是人工造物，一切都美得纯粹，美得不着痕迹，美得让你愿抛弃一切凡尘俗事，只想慵懒地投入它的怀中，做一次与现实无关的冥想。

清晨，我走过光可鉴人的象牙色地板，绕过曲折有致的回廊，走进了一座富丽堂皇的餐厅。餐具闪闪发光，桌布粉红温馨，食物精巧细致，服务生彬彬有礼。

一切都精致到我不忍下箸。不知道如果长期在这种环境里生活，我能否被培养成一个纯粹的淑女。我有一种遥远得近乎做梦的感觉。

我的生活一向随意而粗糙，但我活得真实、活得洒脱。所以这种虚幻的美，也许永远只能赚取我的眼球，不能赚取我的心。

我选择快快地逃离，我终将回到自己熟悉的现实中去。

荔湾湖之夜

这个夜是柔软的,当暮色轻轻地垂落下来,一串连着一串的大红灯笼不知从何时起,点亮了整条大街。这是位于广州市荔湾区的荔湾湖,就在不远的前方向我睁大了迷离的眼睛。在水一方,有桨声灯影,早就将我的心儿牵引了去。

沿着古色古香的泮塘路,青砖、木门、白阳台,一一撞入眼帘。马蹄糕、斋烧鹅等西关小吃的叫卖声侬软入耳,诱得人纷纷打开荷包。捧一杯马蹄糕爽在手,轻啜一口,清甜入心。踏着石级一路向下,一座石拱桥弯下腰来,接纳了我闲适的脚步。一湾清水在桥下静静流过,这便是荔湾湖的水了。

靠近湖边,绿荫掩映下,亭台楼榭渐次展露了身姿,更兼有各色灯饰,灿若繁星,将整座荔湾湖装点得如同仙境。抬头仰望,一件件精致的镂空雕刻吸引了我的目光。往往是一件来不及细赏,转眼间又是一番新的天地。曲折的回廊,蜿蜒横跨在湖面上。一盏盏闪烁的夜灯组成一条明亮的光带,在茫茫的夜色中直向远方延伸。目之所及处,石拱桥的影子倒映在湖面上,恰似一轮圆月,月辉里写尽人间诗意。此刻,徜徉于轩阁之中,湖畔幽径之处,望杨柳依依、碧波绿树,有风从身边掠过,送来夏日的清凉,不禁身心俱怡。畅想,若长栖于荔湾湖边,该是怎样的一桩美事呵。

湖的正前方，一排木舟恬淡地泊在湖边，舟身上悬挂着几盏满是古意的灯笼，暗红的灯光隐隐透过纸面投射出来，给湖水又笼罩上了一层朦胧的神秘面纱。波光明灭，渔舟唱晚，望着这深深的湖水，心也随之沉入幽远的深处。随意选一条小船，踏进去，木质的船板带着我轻轻地摇晃。船桨划起来，缓缓往湖心驶去，温柔的夜色浸漫着这个恬静的世界，也浸漫着我的心。有多久没有这样放松过了？快节奏的生活，紧赶慢赶总也完不成的任务，曾经牢牢地束缚着我对自由的向往。今夜，终于是属于自己的了，真想在这湖水的陪伴下，于摇曳的小舟里悠然入眠，将那些寻觅、那些纷争，一一抛在梦外。

就这样安然地坐着，任船夫将我一点点地带离尘世。船儿在夜色中悄然前行，一种无边的静谧攫住了我的呼吸。我端起一杯清茶，只想静静地濯洗自己的灵魂，忘却那些苦痛、那些冰火两重天的错愕。生活中，有多少枷锁需要顺水而去。我知道自己和水只隔着一块木板，水是洁净的，它必将带走那些污浊。它携着永久的沉静，让我的心安顿下来，独享一段完整的时光。

意外地在船舱里发现了一把葵扇，拾起来，慢慢摇动，恍惚间，外婆的面影在波光中复现，泪水不禁迷蒙了我的双眼。仍记得儿时的许多个夜晚，外婆摇着一把大葵扇，用慈爱和温情给予我多少幸福的梦。今夜，斯人已去，无边的思念，便是这湖也难以盛载得下。

　　一曲粤韵从湖的那边远远地飘来，能听得出歌者的投入。夜色掩盖下，我望不见歌者的面容，猜测不出歌者的年龄，只觉得歌声仿佛来自渺远的外世界，那样凌空高蹈。在广州的各个公园里，常能发现一群自成一派的票友，弦乐齐全，每日像真正的剧团那样于露天处演出，展尽生命的悠闲与惬意。那高高吊着嗓子的老妇，仍有十足的底气，举手投足，铿锵有力。她们活得像玫瑰一样灿烂，令年轻如我，也默然汗颜。多年以前，我的嗓子就在讲台上嘶哑得一塌糊涂。多年以后，我是否也能像她们一般纵声歌唱？

　　无论有多么不舍，终究还是要下船离去。浅水处，嬉戏的儿童将水花一朵一朵捧起，像极了儿时的我。虽然我知道，我早已不是原来的自己。

　　踏着麻石，行走在夜风里。许多年以后，我想自己仍不会忘记，今夜，我曾与一座城、一种生活如此靠近。

河流漫过日常

天堂般的花溪

很多年过去，一条清浅灵动的溪流，依然对我保有致命的诱惑。遇见花溪的时候，我怀疑自己又一次重返了童年。

那是一个阳光恣意欢笑的夏天，森林里的蝉虫鸟雀争相扯开了嗓门放声高歌，仿佛要用歌声一决高下。竹荫、树影、流水，还有各种叫不出名的野花野草，一齐装点着花溪的美。这样的场景，总让我不可救药地想起童年、想起故乡。

也是这样的夏天，也是这样被溪水环绕的一座村庄，也是这样清可见底的一条小溪，我与同龄的小伙伴就坐在溪边的青石板上，赤着脚，头上顶一片荷叶，任由时光悠悠地晃。有时候，我们在长竹竿上粘一圈蜘蛛网，走进那蝉声密集的树林深处，捕蝉取乐。有时候，我们提一只小桶，带一副小网兜，悄悄地蹲在鱼虾嬉游的小石头旁，抓鱼捕虾。更多的时候，我们取几块彩色的鹅卵石，在大青石上磨呀磨呀，以为那就是涂抹缤纷世界的颜料。玩累了，我们就齐刷刷地躺在树荫下乘凉，一双双被溪水漂得白而皱的小脚丫，就像一个个自泥土中破土而出的新笋……

花溪，满足了我对童年所有的回忆和想象。

此刻，阳光照在花溪的水面上，金子般的光芒投射在我的眼睛里。恍惚间，我已变成了一个天真烂漫的稚童，迫不及待地要投入花溪的怀抱。沿着石砌的小路蹦跳着逐级而下，我看见河岸上的玉米正在抽穗，河堤边的石块闪着乌油油的光。我的心情就和天气，和那抽穗的庄稼一样热切：去水里做一尾鱼，将满身心的滞重和尘垢全都濯洗干净，成了我唯一的愿望。

蹚到水中，我没有撑伞，也没有穿一双足以防滑的彩色草鞋。面对大自然，我始终愿意做一个赤子，无遮无拦地将整个身心交出去，尤其是在这条没有被钢筋水泥霸占的花溪上，在这泓没有被俗世污浊的清水中。这时候，一亿年前猛烈喷发过的火山已经平静下来，在大盘山，在花溪，留下的是光洁平滑的河床，还有不染尘埃的细水长流，更有被河流滋养过的简单自足的生活。

行走在溪流中，足底被石板抚摩，滑滑的、痒痒的。我让自己沉陷进去，仿佛年幼时，踩在软软的水稻田里，嫩嫩的小腿被滑滑的泥土包裹，那样温暖、那样舒适。回想自己从青年往中年而行的人生，一直在城市里蛰居，有多少年没有这样与自然肌肤相亲了啊。抬起头来，我望见天上的流云，那么纯洁无瑕，那么无拘无束、来去自由。天空碧蓝碧蓝，比洗过还要干净。我知道，有怎样的山水便会有怎样的人，便会有怎样的天空和云朵。磐安人是有福的，又是惜福的。

回归赤子之身，似乎是每一个被束缚之人的心愿。同行的旅人，那些和我一样穿着短装，扔掉了遮阳伞的人，全都赤着脚加入了溪水的律动。不知是谁，抢先掀起了一阵水花，很快便发展成一场热闹的打水仗。有人弯着腰用双手掬水，有人抬起脚钩起一串长长的水浪，有人索性拿起帽子舀水向别人泼去。激烈的水仗，打到后来完全睁不开眼睛，只知道闭着眼睛使劲地浇啊浇，也不管都浇到了谁身上。欢笑声、呼喊声、哗啦啦的水声此起彼伏。这时候，花溪俨然变成了童年时的"战场"，每一朵浪花都包含着难言的欢乐。

及至收拾残局，大家互相指着对方湿淋淋的囧相，又不禁哈哈大笑。童年时，河水、泥块、雪团、树籽儿，无不能成为我们"战斗"的武器，实在什么都拿不出的时候，把大拇指和食指叉开，就是一把"啪啪啪"指向"敌人"的手枪。这样的"战斗"永远分不出胜负，却给我们带来无比快乐的时光。一如今天，当我们卸下了满身的武装和沉重的外壳，那些最简单的快乐仿佛又回到了我们身上。

笑着闹着涉水而过，时间好像走得太快太快。两排秋千，不经意出现在我们眼前。一群人争先恐后地哄抢着，多么像幼时母亲端出一盘香香的炒豆子，小孩们便毫不客气地围了过去，一抓便是一大把。坦白说，我占据的这架秋千，也是因为眼疾手快才抢到的。先生在身后推，先是轻轻地推，直到我大呼不过瘾，他又加大了力度。我感觉自己飞起来了，在这水光潋滟的花溪之上飞起来了。我长出了一对翅膀，像是穿行在大盘山中的一只大鸟，我的目光掠过莽莽的青山，掠过奔涌的瀑布，掠过幽深的峡谷……我周身的每一粒细胞都被大盘山的美吸附了。

闭上了眼睛，仿佛又回到了儿时，回到了故乡。我坐在用稻草结绳的秋千上，堂兄推着我悠悠地荡，牛儿就在秋千旁吃草，我"咯咯咯"地笑。大黄牛偶尔抬起水汪汪的大眼睛望我一眼，又低下头去，自顾自地吃草了。有时候，我从秋千上下来，解开牛绳，牵着它走到溪边饮水。青石板上，永远有我熟悉的妇人，一边浣衣，一边闲话家常。

在一次次的晃荡和飞升中，我已忘了，这是花溪，还是家乡那条不知名的小溪。千年万年，河水流经的地方，总会升起袅袅炊烟，总会有微小的快乐和幸福，缓慢地抵达你的内心。

无论是做一尾鱼,还是做一只沉默的小花螺,或者是一块安静的小石头,只要清澈的流水还从你的身体里漫过,天堂便离你很近很近。

离开花溪,我连一滴水也不舍得带走。我想把所有的纯净和美都留给磐安,留给大盘山,留给一年一年仍保留着农耕生活的村庄。河流是没有尽头的,正如临水的生活和临水的福祉,也是没有尽头的。

哦,天堂般的花溪。

月牙湾

生命中有许多邂逅,都是完全没有准备的,正如我遇见月牙湾。

其实我原本是要将它命名为月亮湾的。我将拍下的图片发到班级群里,东北大妞翟妍立即跳出来说:"月牙湾。"我望着眼前那一处弧度优美的河湾,再比对手机里那三个字,便觉出了诗意和妥帖。

命名一处风景,和发现一处风景,同样令人欣喜,今天,我可算是喜上加喜了。这样的喜悦,甚至不需要更多的人围观与唱和。懂得,从来都是一件可遇而不可求的事。

每次下村,我都喜欢这样漫无目的地随意游走。一池残荷、一丘稻茬、一头悠闲的黄牛，于我，都可以是曼妙的风景。一蓬又一蓬的茅草在路的两边铺开，阳光照在我有些清冷的脸上，总觉得一切皆是自然的慷慨赠予。

村干部小胡用摩托车载着我在乡村的水泥路上飞奔。自然，我们有我们的任务，走访啊，调查啊，填表啊，倾听啊，解释啊。可是我的心却常常被其他事物所诱引：那些随意摆放的成捆的柴草，那些堆得整齐的劈柴，那些搭着两根木棍的小水渠，那些追着摩托车跑的土狗，那些扑棱棱飞的母鸡……为何总是令我有扑进某一种生活的冲动？我想起一条名叫芝麻的狗，多少次在月光下迎我回家；还有一条清可见底的小溪，多少次濯洗我身心的尘垢。如今我在城市，芝麻早已远去，小溪早已远去，连同炊烟一起的乡村记忆都远去了。

直到月牙湾出现在我的视线里。

"哦，停下来，快停下来。"我央求道。小胡踩下刹车，回过头来，有些迷糊地望着我。我已经飞奔到了路边，站在那高高的土堆上，月牙湾一览无遗。

原野广袤而荒凉，月牙湾的镶嵌与介入无疑使之具备了阴柔之美。是的，我更愿意将她看作一个女性，身姿纤长，可折可弯，只缓缓地下了一个腰，胸脯便挺拔了，眼波便柔媚了。那样的流淌是平静而缓慢的，比之激越和奔放，她更接近于生命的真相。我甚至想，那一弯垂挂的蓝怎么会是水呢，分明就是一匹柔软的缎子，只需将她披在肩上，就是一款动感十足的披巾，风一吹，衣袂飘飘。那点缀在缎子上的一群白鸭，恰好是自然天成的花朵。

天空是蔚蓝的，往远处看，似乎水的上头已经与天接壤。我忽然想起北方的雾霾，世间清澈和干净的事物越来越少，更多的沉重正向我们逼近，一时心中黯然，便愈发感觉到眼前的珍贵。月牙湾应是深蓝的，比天空的蓝更浓了几分。我多么贪婪，竟满心以为她向我倾倒了一池的蓝莓汁，还未饮下，便已口舌生津。

在这样一个恬静的乡村里，月牙湾之美从来无人提及。因为熟视无睹，人们浪费了多少世间的美啊。我掏出手机，拍了又拍。其实我知道自己并不能真正定格她的美，最好的东西，镜头和文字永远无法企及。我忽然又犯了玄想症，觉得眼前的月牙湾像极了美人的眼睛，深邃的眼眸里蓄着一汪多情的秋水，河岸边那些卷曲的草棵，多么像她茂盛浓密的睫毛。

我站在高处发呆，静静地望了许久，只恨自己不能逾越高崖。如果可以，我多想在那样纯净的明眸里轻轻地印上一个吻，多想将那一汪柔媚的秋水怜爱地捧在手心里，就像无数次亲吻我的孩子那样。私心里，我就希望这样保护她，将她藏在心里，永远成为一个人的秘密。出于某种骄傲的情绪，我又希望有更多的人看到她、知道她，尤其是和我有着同样情愫的人，那些眼睛里还能出现惊喜的人。

在月牙湾的面前，我发现一些难以名状的东西正在重新复活，渴望还是热爱，平静还是满足，信仰或者皈依，都说不清楚了，似乎也不需要说清楚了。

不知站了多久，才察觉到小胡还立在我身后，回过头去，发现他沉默的脸庞上有了一种别样的肃静。

月牙湾方圆几里寂然无声，只有一群白鸭在水里上下扑腾。哦，没有人会惊扰到她，甚至，没有人像我一样在乎她。我有一些心疼，又有一些欣慰。

白鹇坑渡口

我被修河的美攫住眼睛，是在一个初冬的傍晚。

那时候，夕阳斜斜地披挂在流水之上，我就站在白鹇坑渡口，站在斑驳的树影之间，与粼粼的碧波交换眼神。恍惚间，我发现我已经不是我了，变成水边的一枝芦苇，或者是岸上的一棵苦楝树，再或者，是一个摇摆着身姿从山对面走出来的灵动女子。

我只需将双手聚拢在唇边，一声悠长的吆喝，就传到了河渡的那一头，就会有一位摇橹的老人慢悠悠地涉水而来。他有着慢悠悠的动作、慢悠悠的脾气，和终年静默如斯的渡口一样，都是地久天长的样子。我听见咿咿呀呀的划桨声、哗哗作响的流水声,还有古老的船歌由远而近——

我的双脚轻轻地踏上这条原木色的小舟,身子和着流水的节奏轻轻摇晃,那身后的村庄、低低的炊烟,也和我一样轻轻摇晃。一同踏上这条小舟的,有行色匆匆的生意人,有面色黧黑的庄稼汉,也有天真烂漫的读书郎。如果我愿意,可以和他们搭一搭讪,聊一聊天气和心情,或者,什么也不问,什么也不说,只安静地看着河两边的群山,发一发呆。

不用说,我也知道,家门前的那座山,像一只憨厚的龟;路边上的那座山,是一条嬉戏的鱼。再往上行,我将经过一头雄狮和一头大象,听到一个又一个神奇的传说。一路上,我还将经过抱子石,经过一棵十几人才能合抱的大枫树。风慢吞吞地吹,那一树红红的手掌就在前方朝我缓缓挥动。

山间的树木,色泽一日一日地深了。我喜欢它的鲜艳胜过它的葱绿,曾无数次钻进它稠密的腹地,向它索取蘑菇、木耳、浆果……索取童年的欢乐和味觉的鲜美。我知道,就在不远处,还有更多的山坡、更多的林地无人涉足。多少年过去,那些花、那些果、那些红的黄的叶,只美给虫蚁和鸟兽看。但是,那又有什么关系呢?

我希望遇到的白鹇没有飞来,我只知道它们高脚长颈、白背黑腹,在远古的传说中扇动翅膀。有很多年,它们在那个名叫白鹇坑的村庄里啄食嬉戏，飞过青山、飞过田野、飞过修河。我的祖先，就在白鹇扑啦啦的飞翔之声陪伴下，日复一日，在那个村庄里采茶、耕种，或从渡口一次又一次地往返于山里和山外的世界。俗话说："龟鱼狮象锁水口，不出天子出王侯。"后来，此地的王者之气被朝廷发觉，请风水先生破之。从此，白鹇鸟越飞越高、越飞越远，飞进了那个永远的传说里。

再后来，摇橹的人慢慢老去，老得再也摇不动那一艘小船。从白鹇坑往庙岭的水泥路通车了，一些宣示着力量和速度的机动船也停靠在渡口的两端。一种新的生活正在开始，一些人像白鹇一样越飞越远，飞出白鹇坑，飞过修水县城，飞向更广阔的世界。

此刻，只有我还站在白鹇坑渡口，痴痴地望着水中悠闲摇曳的水草，还有乌桕树悄然落下的一片黄叶。我看到修河平阔的水面，和天空一样清朗。我知道山的那边，还有一个名叫白鹇坑的村庄，还有我的故乡，我感到从未有过的安稳和自在。

河堤边，一只放空的弧形小船依然安静地漂在水面上，仿佛还在等我，一直在这里。如果我不来，它会从初冬，一直等到下一个春天——

泸溪人家

泸溪，无疑是龙虎山深处最摄人心魄的那个绝色女子。芸芸众生，谁能与她修一世终身相守的际遇？

悬崖之上，表演"升棺"的是一对父子，身穿金黄色的中式褂子，足蹬云靴，双手抱拳，极似金庸笔下的武林中人。峭壁悬崖，望之目眩。一阵鞭炮响过之后，父子俩腰系长绳，身手敏捷地往山顶爬去，身轻如燕。到得山顶，又顺绳索滑下山腰，一手执绳，一边表演空中绝技，或金鸡独立，或鹞子翻身，一招一式，全不含糊。接着又顺势悠悠一荡，钻进了山腰的一座石洞中。于是，棺木升起，父子合力，将棺木送进石洞里。一场精彩的"升棺"表演便落下了帷幕。

泸溪河畔的石壁上，至今仍悬着多具棺木。至于2600年前的古越人如何将先祖悬葬于此，依然是一个千年未解之谜。父子俩的表演，只是对这个谜底的无数种猜测之一。因为这个谜，他们成了泸溪河上的两只飞燕，成了一道历久弥新的景观。伴着这座悬崖、这条溪水，他们一遍一遍地飞越远古的谜面，靠近那个未知的谜底。这样的父子师传身授，是从哪一代开始延续，是否还将一代一代地往下延伸？导游不知道，我不知道，或者只有泸溪，能用她深邃的目光洞穿悬崖上的前生后世。

泸溪中央，穿梭着一条灵巧的独木舟。一对夫妻，正驾了轻舟追随着众多游船。男的灵活掌握着小舟的前进后退、转弯掉头，女的则一边叫卖"土鸡蛋、炒板栗、板栗粽子要不要"，一边熟练地翻炒着板栗。见到游客招手，男的迅速划桨靠近，女的则将小吃装袋、接钱，配合得天衣无缝。寒风有些刺骨，却未见他们有瑟缩之色。做完一宗生意，他们又划桨往远处漂去。日复一日，他们是泸溪河上的一对鸳鸯，双宿双栖、同进同退，风里来雨里去，虽辛苦，却羡煞多少劳燕分飞的现代人。我在想，或许上辈子，他们本就是泸溪河里的一对鸳鸯，今生相约着回来继续了水上的浮游。

竹筏两头，撑篙的是一对老年的兄弟。长长的竹竿握在他们粗糙的手中，往河底探去，触到坚硬的石子，"嗒"一声脆响，再使劲一撑，竹筏便稳稳地前进了一大截。两岸芦苇点点，一排麻雀立在同一根细细的芦苇上，悠闲地荡起了秋千。奇的是，芦苇却不断，兀自悠悠地晃。碧水荡舟，心情怡然，唯缺音乐。我不禁对摆渡人说："船家，打支山歌来好吗？"兄弟俩咧嘴一笑，黝黑的脸膛上竟泛出了桃红。

讲好的把我们渡到路口，再由我们步行去景点。忽然，竹筏晃动得厉害起来，兄弟俩撑篙的方向不一致了。接着听到他们粗着嗓门用方言在争吵，忙劝架。船尾的解释给我们听，原来他看到时候不早，想多送我们一程，直接渡到景点，省去我们再走几十分钟的路,而船头的没有领会他的意思,于是打起口仗来了。真没想到,他们吵架竟是为了给我们方便,不由得一阵千恩万谢。上得岸来,回首望见他们弓着身子,下水将竹筏拖往深处,又跳上竹筏,轻点竹篙,顺水而下了。习惯了在景区里遇人不淑,注视着那两个佝偻的背影,竟有些泪湿。

泸溪岸边,我随意走进一家菜馆,点了龙虎山的特色菜——泸溪鱼。女主人热情地将鱼展示给我看,一条条五寸来长的鱼儿排列整齐,黝黑的背、雪白的肚。选了十几条,便扎上围裙,开始烧菜了。在这儿,她既是老板,又是厨师,兼职跑堂的是她那十一二岁的儿子。正逢周末,这个小男孩与几个小伙伴饶有兴味地抽着陀螺,当他的母亲一声呼唤,立马便放下玩具,直奔厨房而去。最后端上来的是一盘大白菜,他一脸诚恳地说:"对不起,有点儿烧焦了!"看着这个乖巧懂事的小跑堂,还没吃菜,先就原谅了菜被烧焦。其实这个非专业厨师烧菜的手艺还是相当不错的,特别是那道泸溪鱼,味道鲜美,数我吃过的鱼中最好吃的了。许是泸溪水的灵性,成就了鱼的不俗,也成就了泸溪两岸无数的巧妇吧。君不见泸溪河上,游人如织,水却不染杂质,至清至纯。都道泸溪河涵养了泸溪人,泸溪人又何尝不是涵养了泸溪河呢?

守着一条河,珍惜着与河的际遇,泸溪人家,是真正有福的人家!

下辑｜巴山夜雨

南方的无名岛

浙江，丽水。这是一座南方的小岛，临江而坐的小岛。在知道这座小岛的名字之前，我姑且叫它无名岛吧。

因为无名，所以准许我对它进行天马行空的想象：比如，篡改它的历史，杜撰它的主人；再比如，在恰到好处的某一个春天，将自己的生平，轻轻地放进去。

小岛与外面的世界没有陆路相连，如果我要将自己放进去，首先要经过八百里瓯江最华丽的一段，经过白鹭和帆影，经过日色和云彩，经过流水声和浣衣声。我需要一条船，和一个载我于江中荡开一层层涟漪的船夫。这条船不必多么精美阔气，能容下我轻盈的肉身足矣；这个船夫不必多么勇武有力，能将一支桨使得荡气回肠足矣。

然后，我们一起从小岛的对岸出发，从古堰画乡的千年古樟树下出发，从烟火稠密的堰头古村出发，我们从哪里启动船只，哪里就是天然的码头。我们将撞破瓯江的黎明，像水鸟那样，于迷蒙的水雾中张开翅膀。我们的南方渔歌，只有自己能懂，只有长年伫立在瓯江边的蚱蜢舟能懂。

仿佛千年以前的遭遇依然历历在目，我想起一排一排的蚱蜢舟曾运送着保定窑的瓷器，运送着江南的醇酒，也运送着瑰丽的丝绸，从大港头穿江而过，开启了海上丝绸之路，一去千里，烟波浩渺。

如今的我已经对远方没有了太多的欲望，只想停在瓯江边上，停在一幅画的中央，停在一座无名小岛上。余生可以荒凉，也可以寂寥，但一定不要喧嚣，不要繁华，不要为物所累，更不要为情所困。一路上，我们的船和身体都被风托举着，就这样，一头栽进码头，栽进小岛的唯一入口。

我看见码头边蹲着一个穿花衣的阿妈，面前是一只玫红色的盆。水波一圈一圈地荡漾开去，阿妈和盆在我的眼眸中晃啊晃啊，晃得影迹模糊而遥远，晃出一缕剪不断理还乱的乡愁。我跳下船去，看见阿妈的盆里，躺着一条新鲜的大黄鱼，那是瓯江的鱼，在清水中游弋生长的鱼。他们说，小岛上曾经有十余户人家居住，只能坐船进出村子，为了生活方便，全都搬迁到外面了。岛上的田地和房屋废弃了，唯有老人们舍不下它们，时常回来看一看、住一住。阿妈埋着头，专心拾掇那条鱼，我不知道还有谁会与她分享美味,只知道,她的乡愁和这小岛一样,孤寂而寥落。

其实,岛上曾经是热闹过的。看那一幢一幢石砌的、砖砌的、泥夯的屋子,那一条一条蜿蜒而行的指向四面八方的小路,那一丘一丘整齐有序的庄稼自由生发的田地就知道了。此时,《桃花源记》的词句不由分说地从脑海中跳将出来:"土地平旷,屋舍俨然,有良田、美池、桑竹之属。"一样的阡陌交通,惜无鸡犬相闻,亦不见往来耕作。那些时不时返回故里走一走看一看的大爷大妈,心中不知该升起怎样的落寞。

有人说,小岛虽小,却背山面水,是千年的风水宝地。瓯江和松荫溪在此汇合,山谷幽静隐蔽,七座山丘如北斗七星分布,南宋宰相何澹的亲家王信夫便安葬于此。

可惜的是,当年堪称雄伟的王氏墓葬已经被破坏了。我们走到一座山谷里,没有人能指认出坟墓的原址。一方长满野荷的水塘,逐渐被荒芜侵占。被挖掘出来的陪葬品,随意地堆放在山谷中,那些石马、石人,有的躯体已经不完整了,被简陋的茅棚草草遮挡。各种野花和野草放肆地长,钻进墓葬品使劲地长。它们用如此蛮横的方式,为时间写下繁盛与凄凉的注脚。

如果撇开历史遗留的凄清,只消放眼望去,抬脚行去,便不断有惊喜一路与你撞个满怀。

鲜红欲滴的野草莓圆滚滚的,贴着地面已然熟透,一伸手就能摘下一大把，甚至不用刻意清洗，直接扔进嘴里就可以吃了。这时候，童年的味蕾被新鲜的酸酸甜甜的感觉唤醒，一切都不需要求证，闭上眼睛，时光就在微风中汩汩地倒流。是的，我还可以用一根茅草将野草莓串起来，提在手上，就像一串大红的灯笼。我可以找一个僻静处，一颗一颗慢慢地享用它们，就像小时候那样。

黄色的、白色的、紫色的野花一丛一丛地铺开，将我们脚下的小路打扮成了童话里的花径。一些没有被荒废的田里，油菜都已经结籽了，香气散溢得仿佛唯恐无人知晓。这么多的油菜，晒干了，揽进巨大的禾桶里，踩一脚，菜籽儿就骨碌碌地蹦出来了。儿时就是这样，妈妈总让我跳进禾桶，使劲地踩。我整个人就在里面自由地跳着、坐着、躺着，大堆大堆的油菜秸松软绵柔。春末的太阳温暖和煦，我被香气围裹，仿佛永不期待有一个出口。就像现在，我停留在小岛的中央，仿佛永不期待从这儿离开。

穿过油菜地，我看见了麦田，那是我无数次在图画中和想象中勾勒过的麦田。我曾经在《遗落在北方的麦子》一文里写到过，我的家乡叫麦菜岭，但我从来没有见过真正的麦子，那属于家族血脉和记忆中的麦子。今天，在无名岛，在南方，我见到了它，仿佛专为等在这小岛上与我邂逅一般。这无疑又构成了我生命的另一重惊喜。

一幢被花树密密实实包裹的小楼将我吸引，它就筑在路的一旁，石砌的墙基、泥夯的墙体、木质的门窗，虽已废弃，残留的装饰却颇见品位。络石花藤从墙脚一直爬进窗户，攀上空调的外挂机，又攀上青瓦的屋顶。门前的月季在土墙上放肆蔓延，差点将门户封堵了，粉色的花朵开得全然没有了章法，满天满地地布下它们的诱惑，仿佛要夺取整个春天。踏上台阶，抬起头来，望见被花藤遮盖住的木制小门牌上书有碧绿的"小楼"二字。小楼，"小楼"，细细寻思，倒真有一番别样的滋味。

后来，我知道这幢小楼曾经有一个女主人，就叫夏小楼。邂逅与爱上，有时候只是一念之间的事。从重庆到丽水，几千里之遥，一座小岛和一幢小楼却能让人一眼千年，将他乡认作故乡。她留下来，开了一间名叫小楼的民宿，养了一条叫馒头的狗和一只叫包子的猫。然后开荒、种菜、养鸡、养鸭，请老木匠定制家具，请裁缝定做花色棉被，淘来老门板当茶桌，在石臼里种上铜钱草，在庭院里安置几张可以围坐聊天的桌椅。这样的日子缓慢适意，时间被无限拉长。

"于以采蘋？南涧之滨；于以采藻？于彼行潦。"住进一幢临江的小楼，江边可浣衣，池中可采莲，屋前有花园，屋后有田地，自己种菜、种花、种草、种荆棘，养喜欢的小动物，烹制最天然的食物。忽然发现，我多年的梦想，已经被小楼姑娘提前实现了。

其实，逃避或者爱上，隐居或者私奔，都可以成为躲进小楼的理由。

我不知道她为什么离开了小楼，只能从图片中重新找寻当年的美丽梦幻。红色的灯笼在黄昏亮起，小楼的暗色木质回廊、青色的爬墙、灰色的砖墙，都笼罩在昏暗的灯影中，多么像隔世的光景。房间不多，只有四个，不收闹腾的孩童，只欢迎安静做梦的人。木桌、石臼、陶罐、书架，还有艳如新婚的床，轻如薄云的帐，一切恍如迷梦，恍如世外。

在一个可以做梦的地方安下家来，再也不想离开，是多少人一生的理想。

可是，小楼，她已离开多时了。我看见蛛丝爬上了房檐，院落里，四人对坐的木桌椅，每一条缝隙都扎进了野草的身子，厅堂的地板上结满了绿色苔痕，一些盆栽的绿植已经枯死，只剩下墙上挂画里的民国美女孤零零地端坐上方，有说不出的凄美，又有说不出的忧伤。门板上张贴的"八月未央"，红纸已经泛白，一个心灵手巧的姑娘，她带走了我的梦想，只留下一地荒凉。

从恍惚的梦境中走出来，又得知此楼原是年代久远的民居，曾于清代关押过瘾君子。将一些鸦片成瘾者抛在无路可逃的小岛上，远离诱惑，忘记深重的原罪和欲望，当时的强制戒毒，比今日的药物、铁窗和监狱可谓诗意得多了。

从小楼下来，途经一座被封闭的土窑，青石窑门已被金黄的野花遮住了半边脸，窑外的青砖被野草和苔藓占领，窑顶灌木丛生。它有多少年没有被开启过了，无从得知，只感到荒凉的、原初的、野蛮的力和美，就这样无孔不入地嵌进了光阴。

小渡口上，我的船和船夫静静地泊在江边。弄鱼的阿妈不见了，也许早已在某间柴火灶上升起了炊烟。江水平静下来，甚至没有一丝皱纹。我将离开这座小岛，像那个叫小楼的姑娘一样，带走我的生平，只留下一道梦的荧光。再美好的他乡，终究不能成为自己的故乡。我有一些邂逅的欢喜，又有一些莫可名状的惆怅。

就在离开的时候，我得知小岛是有名字的，叫坪地半岛或者七星坳。这不是我臆想中的味道，那么，我还是叫它无名岛好了。

人影幢幢，我在石柱

一

对重庆石柱的期待，着实不敢有太多。起初光是听这县名，便觉冷硬了一些，再则向来是希望越大，失落越多。索性什么功课也不做，什么好话也不听，于是到后来，便撞见惊喜了。

事实上，石柱实在是饱含温情的。在导游小燕的嘴里，我得知了石柱的由来。少女秀花和青年山柱在万寿山相遇相爱，却遭财主八黄爷强娶。秀花为护山柱，祈求山神将自己变成巨石。山柱为与秀花长相厮守，也变成了一块巨石。二人从此以石头的状貌相对而立，永远留在了万寿山。人们为纪念这一段坚贞不渝的爱情，就把原来的南宾县改为石柱县。

秀花这个名字，与我只差毫厘，可是如此笃定亘古的爱情，于我却是倾尽所有也未可得的奢望。一个县,几十万的人,几千平方公里的土地,就这样烙上了爱情的印。从地理意义上、时空概念上,爱情让石柱拥有了血液和体温。自听到这个故事起,我便感觉到呼吸的每一口空气里,都富含了爱情的氧离子,于是,这样的行程便具有了别样意味。我想,石柱人是有福的。

尤其令我欣然的是,前来石柱的百名作家中,我将遇见许多故人,有结识多年的文学师友杨献平、庞白、赵瑜等,有鲁院的一干同学陈夏雨、申瑞瑾、宋长征、左小词等,有散文诗笔会的同学杨启刚,还有刚刚在南宁会晤的民族班同学田冯太。这样的组合,很自然地使我从心里产生了归依感。至少,这一段旅程不至于太过冷清。

抵达石柱天尧酒店时,天空飘起了细雨,气温已是微凉。饭食环境皆合理想,但似乎并不那么重要。重要的是,与什么人握手,和什么人交谈。那个夜晚,我们等来最后一位到达的鲁院同学余海燕,在龙河边上散漫地走。灯光昏黄,拉长的身影和连连的笑语散落在河边,别后一年,重见仿佛仍是少年。那些放肆的亲近与戏谑,多么像偎依多年的亲人。

然后是喝茶、夜谈,恨不能畅聊通宵,从一日拉出多日的光阴。最喜玩笑的陈夏雨仍像只兴奋的大公鸡,咯咯咯地笑个不停;理发师宋长征又在女同学的头上举起了吹风机,卖弄起手艺来。我想起去年和陈夏雨打乒乓球的情景,又想起请宋长征吹头发、修眉毛的情景，恍若就在昨天。

一些景致在夜间起伏隐现，一些人面得以重新辨识。而我第三次从空中掠过的长江，以及一次比一次远离的人和事所给予我的那些冰凉，渐渐地淡去了。

二

次日黄昏时分，我们走进了万寿古寨。这是一座依山而建的土家寨子，托起寨子的山便是万寿山了。传说中秀花和山柱化身的两块巨石，就位于寨子的南北两端。

在第一道寨门永安门，我们便遭遇了拦路的土家小伙和土家妹子。果然是爱情之地滋养出来的人儿呀，小伙子各个壮实帅气，姑娘各个窈窕秀丽。一条结着大红花的红绸带拦在中间，鼓声咚咚地敲响了，清脆的土家山歌像清泉一样从土家阿妹的口中汩汩流出。听了热烈的敬酒歌，喝下甘甜的拦路酒，寨门于是哗地打开了。

其实早在战乱年代，万寿古寨更像一座堡垒。寨子四面悬崖绝壁，仅寨东有独路可攀。寨子里的人将前、内、后三道寨门层层封锁，便形成了易守难攻之势。明末，著名女将秦良玉曾在此筑寨御敌，远近闻名。如今漫步在寨子里，仍可见保存完好的白杆兵营、旗台、点将台、官厅、练兵场、杀人坝等遗址。

寨子里的土司纪念馆内,陈列着诸多战士塑像,以及相关的文字说明,记载了八百年来当地英雄抵御外敌的一系列故事。

说真的,我很难进入那些故事,去追寻石柱人曾经的辉煌与苦难。你看这山寨里大红灯笼高高地挂着,天井上巨大的水缸妥妥地安放着,木质阁楼与石质廊柱无不雕工精美,让人脑海中浮现的是富足幽静的庭院闺阁日常。场院里,土家女人在剥蒜,熏肉悬挂在屋檐下面,一个陶制的大酒瓮架在火堆上,怎么看,都是一副祥和自足的美满生活情态。

夜幕降临之时,摆手堂前宽阔的院坝里,上百张方形餐桌挨挨挤挤地排开来。烟灰色的旧竹椅、土制的瓷碗、粗笨的长筷,一股浓浓的乡土风扑面而来。如此浩大的露天筵席,我是第一次亲历,何况今晚吃的是正宗的土家菜,难免让人心生热切的期盼。

菜未上桌,舞台上的土家大戏却开场了。几面大鼓依序摆放,击鼓者女子披发、男子赤膊,所着衣裳颇似兽皮。伴着有节奏的鼓点,女子的长发有力甩动,时而遮面,时而冲天,狂野热辣之气迅疾铺排开来,似要将人带入某种原始荒蛮的境地。

许多人围过去拍照,我有一些呆怔,从舞台脚下退回到属于自己的那把旧竹椅里。夜色渐浓,灯笼都亮了起来。在略显昏暗的光影下吃饭,桌子和椅子都是矮的,须弓了身子方可挟菜,像极了儿时的乡间生活。面对坐在同一张桌子上的人,恍惚间便有了一家人的感受。

满满的一锡壶酒端了上来,桌边的地上是一大篮子的平口瓷碗,这就是传说中的摔碗酒了。起初,我以为酒是甜糯米酒,虽则无酒量,但幼时那记忆中的甜醇,依然回味无穷,杨启刚为我倒酒时,也就爽快地接了。谁知一入口方知是度数颇高的米烧,三两口下肚,醉意便上头了。看见别人一个接一个地摔碗,丁零咣当,甚是快意,手心有些痒,无奈酒未喝光,好像没有理由摔下去。同桌的赵瑜有心解救,将大半碗酒分了,于是与众人把酒言欢,而后将碗朝地上用劲掷去,"啪"一声,果真把碗摔了个粉碎,一时间有了女汉子的感觉,平生难得也,于是心中大快。

火锅、熏肉……土家菜吃了不少,味道是真的土。相识的人便由各桌起身,来回穿梭敬酒。摔碗声此起彼伏。酒精的作用,加上歌舞渲染,气氛愈加热烈起来。据说碗未摔碎,还得罚酒三杯。赵瑜摔了若干只碗后,终于中招,乖乖地自罚三杯,最后醉得不成样子,被杨启刚扶到旁边的木台子上休息。隔桌的杨献平也醉得有了几分癫状,篮子里的碗已摔光,喊土家阿嫂添了几次,直到再无碗可添。人说无醉不成欢,此情此景确乎可证。

饭后,竟与鲁院同学走散,人影幢幢,无处可寻。我和娜仁琪琪格、顾丽敏会合在一起,我们拉着手笑说,只要我们仨没走丢就安全了。顾丽敏是初识,第一晚半夜抵达重庆,一推门她是同室。次日上午我们同游歌乐山,交谈中发现有许多共同的朋友,颇感彼此缘分不浅。知晓娜仁琪琪格的名字早在多年以前,第一次见面,才知她原来是南宁民族班同学苏笑嫣的妈妈,也是奇缘。娜仁骨子里的那份天真、热情,使得任何人与她走近,并不觉得隔阂。第一次,我就认定了她是个好玩的人。

夜沉入深浓的黑,每个人却都兴犹未尽。坝子里架起了几堆木柴,土家妹子穿着红的、蓝的、绿的民族盛装,团团地围成几个大圈。音乐响了,篝火就要燃烧起来,土家摆手舞就要跳起来。娜仁拉着我说,一起加入她们,去跳舞吧。我知道自己从未跳过,也许终将露出拙笨。但她的眼神里递过来那么多的热切和鼓励,也或者因酒精作用,我心里有一丝微微的异动,那些胆怯和腼腆被抛弃了。旁边的土家姐妹好奇地问我们从哪儿来,当听说皆是全国各地的作家时,她们质朴坦诚地说:"那多好啊,把我们这宣传出去,我们的日子也许会更好过哩。"一个妹子紧紧地握住了我的手:"跟着我跳,很简单的。"我的手掌和内心泛起一层又一层的温暖。

音乐那么奔放,在火光的映照下,土家姐妹的眼睛里闪动着那么多晶莹的光亮。我在那一张张忘情的脸上,找到了人世间最纯洁最松弛的笑容。拍手、跺脚、拧腰、奔跑,我的舞步融入其中，渐渐娴熟，渐渐成为大地上和谐的一种。我感觉自己的心脏在剧烈跳动，似乎看到背部汗水涸开的花朵，这一切多么美好。

篝火烧得越来越旺，我们手牵着手冲向火光，又迅速退回。一些灰烬和烈焰舔过来，每一次纵情投入都让我暂时忘却曾经，忘却许多许多的伤疤。我知道，有些人强加予我的种种疼痛，终会被这一块土地上的更多人以更为温情的方式抚慰。我原谅了一支刺伤过我的箭弩，并爱上这一群陌生的亲人。

摆手舞散场，打开微信，有人为我拍下了旋舞时甩动的头发，他说："你跳得挺有节奏感的。"一个人在黑夜里笑起来，不知为何，却又想哭。

三

因为去年在珠日河草原未能亲见草野的茂盛，加之石柱的宣传片实在做得太好，我对第三日行程里的千野草场颇为憧憬。

路途好生遥远啊，车子一直在盘曲的水泥路上摇着晃着，以催眠的节奏。待我从迷梦中睁开眼，拉开车帘子，一下就被窗外的景物惊到了。此时车子已攀至山腰，层层叠叠的森林扑面而来，松树、柳杉，以及各种一时无法叫出名字的灌木，以浓墨重彩的绿掠夺你的目光。如果我此刻奔下车去，真怀疑会被氧气醉倒。茂密的柳杉笔直高大，蔓延成片的林子构建起一个休闲娱乐的天堂。树与树之间仍可见很多被遗落的吊床，若是和意趣相投的人一起，各据一张吊床躺下，悠悠地晃，悠悠地说话，悠悠地任日落西山，该是多么好呢。浪漫的风景和浪漫的事总像会传染的病，让人无法免疫。

可是导游不放我们下车，只好远观并想象进入一些未曾亲历的画面。直到在火棘大道上停下来，人们飞奔下车，有种被释放的开阔和冲动。我先是撞见一朵黄色的野花，它就开在路旁，花茎从砖缝中伸出，像菊又不是菊，没有人能说出它的名字，没有人会把它当作风景，但它兀自开得耀眼。我沿着这条路一直走过去，发现两朵、三朵，更多的花朵撞击着我的心。繁复的瓣、金黄的蕊，我几乎要忘记此行看的其实是火棘了。

总是这样，那些看似不起眼的配角，比之被万人称颂的主角更容易深入我心。它是那么美，但它微小、孱弱，不由众手栽植，甚至不被祈盼和祝福，却让我的心为之一颤，怜惜顿生。

山间是时断时连的石芽丛，喀斯特地貌间的石头似乎总是长不太高，但其形状千奇百怪，石芽、石笋、石林，怪石嶙峋，千姿百态。火棘就生长在岩石的缝隙间，它太过红艳，树枝上又缠绕着许多红丝带，在这以青灰为主色调的石丛间，无疑要夺人眼球。据说，火棘果含有多种矿质元素，可鲜食，我摘下几粒嚼了，舌尖涌上一股生涩。石柱人更多是用火棘的干果入药，既为观赏植物，又是经济作物，一举两得。

车子再往前行，沿途渐次出现三三两两的牛、羊和马。它们在石芽间悠闲地吃草，打响鼻或甩动尾巴，各占一块地盘，互不干涉，永远不需要为嘴上的吃食而争执斗气。万亩的青草啊，哪里是它们能吃得完的？我想起青海的同学索南才让讲到的五千亩草场，在桂林，他指着路边密密丛丛的青草说："这些草要是长在我的草场上，我就什么都不用愁了。"而这儿的牛羊，永远没有恶劣的天气、侵体的风沙，以及饥饿的叫唤。幸福，往往是要经过对比方可体味到的。

在跑马场一带最开阔处，车子终于停下来，任由大家四处撒野。我奔向不远处正在啃草的马，可是它们却对我的加入表示警惕，渐行渐远。灰白的石笋趴在碧绿的草间，远望就像一群安闲游走的羊。草场边不时出现一两簇松林，奇异的山地、草原、石林风光交织在一起，让人恍然不知身在何处。洁白的云朵在深蓝的天幕上轻轻地飘着，这不沾染尘埃的美、不食人间烟火的纯净，引诱得身着艳丽服饰的女作家们跑啊，唱啊，闹啊，各种风情、各种姿态。唯有拍照的那一个摄影师最是安静，蹲伏在地，恨不能收聚拢了所有的美。

同行者众，却总是人以群分，陌生的终归陌生。此刻，我不是人丛中热闹的那一个。陈夏雨带了单反，我们在每一个合适的取景处互为对方拍摄留影。这基于对彼此的摄影角度和摄影技术的信任，也基于在鲁院时建立的某些默契，更基于仿若兄妹的情谊，让我们在对方的镜头前得以大方自然。陈夏雨不再年轻，却仍保有单纯的心性。对于投缘的人，他习惯一味地付出而从不索取什么。毕业那天送走同学，他哭得眼睛完全肿了，以至躲在房里再不愿见人。虽然他有时也会言不由衷地掩饰些什么，但很多个玩笑嬉闹的场合，以及很多次他把乒乓球打过来让我练习扣球的时光，让我们相信了彼此的善意。不必忸怩作态，也不必羞涩紧张，这样的相处，无疑是适意的。

坐在一块绿油油的草地上，我摘下了遮阳帽，也摘下了眼镜，仰望天空，一种无与伦比的高远和阔大涌上心来。

多么好啊，这是一个春天。

四

阳光沿着一级一级的条石街往上爬，野草见缝插针地找寻它的天堂，西沱古镇的碑铭就静静卧在街口。它被列为中国历史文化名镇是有原因的，早在秦汉时期，川东盐业兴起，"川盐销楚"，西沱就成为川东南地区的商业重镇。至清朝乾隆时期，这里已是"水陆贸易，烟火繁盛，俨然一郡邑"。作为长江上游重要的深水良港，又是"巴州之西界"，得天独厚的地理环境繁华了它、也厚重了它。

古镇实在是古旧的，如果不花些功夫探寻，它很容易就隐藏在灰扑扑的外壳里，不肯轻易袒露内心。然而它的可爱之处也恰在于此，当全世界都簇新簇新地立起了高楼大厦，亮起了璀璨霓虹，西沱依然是这副老成的淡定的样子。喧嚣人世，我们要寻找发达的东西太过容易，而回归质朴，安于和一些旧物共同呼吸、一起变老却殊为不易。

沿着云梯街往下走，踏在青砖地上，两边是木质吊脚楼，内心有说不出的宁静和安详。抬起头来，能望见前方青灰的瓦面，高高低低没有规则地相互交错着。再望远些，长江露出了一小段的波光。置身其中，感觉到幽闭和缓慢，但它同时又指向通达和开阔。这样一种奇妙的感觉，使我仿佛被春天的萌动与冬日的萧瑟同时灌注，竟忘了如何举步。

我被一些垂挂下来的旧色红灯笼、干玉米、老招牌诱惑，一寸一寸地用目光抚过，久久不愿挪动。谁家的青藤穿过门，又穿过一层又一层的窗，攀过了屋顶，缠缠绕绕将日子拧得如许结实？那些精美的雕花木门，以及门上挂的铜锁，都构成了时光的一部分。徜徉的人那么多，扮美的人那么多，同行者有人在打电话，有人心事重重，而我只想择一条门槛坐下来，什么也不听、什么也不想，从日出坐到日落。

在云梯街138号，一扇简易的木门洞开，一个手执长烟杆的土家老汉俨然已是抢镜的明星。真的，他太有范儿了，深浓的眉，炯亮的目，长的白胡须，黑的短马夹，咖啡的灯芯绒裤，千层底的棉布鞋。他坐在一把黑亮的竹椅上，二郎腿一跷，再将长约一米的长烟杆那么一端，徐徐地吐出一口青烟，直接就秒杀了在舞台上哼哼哈哈甩臂蹬腿的众多明星。他的窗户上贴着一张"开单算命"的宣传单，上写"治眼病，化恶疮，小儿解煞更名，阴阳之宅定时定向"等字样，怪不得他口中念念有词，似乎胸藏万丈玄机。从窗户看进去，墙上竟悬挂有"文艺交流"四个大字。除了依在脚下的一条乖顺的小白狗，我们再没有从他屋里看见其余的人和动物。呵，这个文艺老年，沧桑和孤独必是他生命的大部分内容。

我想象他年轻时的样子，或者也曾精壮有力，穿着无袖的褂子，打着绑腿，背着一包一包的盐巴从云梯街拾级而上；或者也曾拥有过美好的爱情，在这条街上，与一个身姿曼妙、歌声灵动的女子相恋，从相看羞涩到褪尽了生命的红晕……我不敢再想下去，怕看见自己的暮年，提前被忧伤漫漶。

再往下走，就是长江了。从资料上看，2009年，三峡水利工程蓄水后，云梯街下端有500米长的街面被淹。哦，它们是什么样子的，又隐藏着多少烟火故事，如今全都无迹可寻了。我甚至有点愚笨，连紫云宫、禹王宫、万天宫、桂花宫等现存的古建筑遗迹都没有找到，便一脚踏上了西界沱。

这块界碑矗立在长江边上，周围是开阔的空地，显得突兀和孤清。此处临长江南岸回水沱，从这里望过去，长江明珠——石宝寨就在对面。所谓"一脚踏三县""巴州之西界"于我，并没有过多的地理空间概念。

我只知道，我在此处，而江水在脚下浩阔地铺开。我多么希望，身后的西沱古镇，它被时间遗忘。

五

进入黄水镇，气温骤然低了许多。时值傍晚，许多人都赶到酒店添上了秋衣。在明月戴斯酒店，我们见识到了真正的黄水。它们从自来水龙头里汩汩地淌出来，仿佛黄得天经地义，无论热水还是冷水。我匆匆地洗了个头，拿白毛巾擦干时，发现白毛巾整个地变成了黄毛巾。

然而风景却是无可挑剔的，徜徉在酒店门口的花园里，随处可见各种鲜花竞相开放。尤其是静立一隅的那株玉兰，令我们又一次回想起去年三月鲁院漫山遍野的玉兰花开。申瑞瑾早已迫不及待过去拍照了。这株玉兰是紫的，花瓣肥厚，或许气温偏低的缘故，开得有些迟了，但是正好让我们赶上。虽已暮色西沉，但几位鲁院同学又一次站在花前合影，都是感性的人，难免勾起各种追忆。

来自上海的陈晨是申瑞瑾的好友，很自然地与我们走到了一起。她深谙人像拍摄之秘籍，擅长为拍摄对象制造出唯美的影像。更绝的是，她还能说戏、导演，指导你摆出各种平时不习惯的姿势，比如身体倾斜的角度、目光凝视的方向。当肢体动作与情景和谐交融，再那么美颜一下，瞬间令你相信自己的颜值是如此之高。只是我天生少一根筋，说话常常不懂拐弯，极不习惯赞美他人。看到美照，第一句是问这手机什么牌子，而不是夸奖她的摄影技术，以致陈晨开玩笑说，再这么不会说话，就不给我拍了。还好都是性格开朗的人，玩笑过后也都不会当真，依然热热闹闹地拍。

前几天，一个好友与我聊到各自孩子在班级里的为人和交友，又一次提到了讲话太率性的问题。原来，我的女儿也和我一样，从不懂掩饰内心的想法，是与非、喜欢与厌恶、愿意与抗拒，都明明白白写在脸上。这样有时难免让人心生不快，而她完全不自知，说过即忘，而后又笑嘻嘻地面对人家，以为每个人都像她一样满不在乎。那个电话之后，我反思了很久。这是遗传，还是我太不讲究交际艺术导致的潜移默化？如果是我的原因造成她的交友困难，那我该多么内疚。我差不多能想到长大后的她，也会像我一样，拥有那么几个好友，铁得不行，但更多人，连虚与委蛇都懒得去做。

晚餐后，人们一拨一拨地前往酒店不远处的月亮湖了。从群里发出来的照片看，灯光暗影下的月亮湖显得恬静而唯美，有着令人无法抵挡的魅惑,于是相约去走走看看。石柱当地的一位领导主动请缨带路,于是我们得以听到一首极为地道的土家山歌。他说的普通话也许我们听来艰涩,但歌声一起,所有的情感和意蕴都一览无遗。歌词和调子我已经记不清了,但依然记得山歌的大意是说:思念的人儿呀,如果你想我,不要坐车来看我,我怕路途颠簸让你受了苦,更怕坏人起意让你受了伤。如果你想我,就到梦里来见我,梦里什么话都可以说,梦里什么事都可以做……一个男人,他也许在平日的领导岗位上一本正经,但唱歌的时候,我们仍能感受到他的心跳和情感的肆意奔放。听完这首山歌,我陷入了某种忧伤,为那些真正爱着却欲见而不得的人。一个人表面上阻止心上人来看望,其实内心里藏着多么强烈的渴望啊。

从《诗经》开始,几千年来,爱情一直是民歌和山歌表达的主题。这种人类最朴素最真挚的情感,永远那么美好动人。

土家族不愧是能歌善舞的民族。除了土家人都能跳的摆手舞,这几天,我们又接触到了许多令人印象深刻的山歌。只要得空,导游小燕就在车上为我们唱,一首连着一首,比如啰儿调,比如《太阳出来喜洋洋》,还有她和田冯太合唱的《六口茶》。这首歌唱的是一个小伙子看上了一个姑娘,就上前搭话,喝了六口茶、问了六句话,从姑娘的父母问到姑娘的兄弟姐妹,最后终于问到了姑娘的年龄,婉转曲折地表达爱意。每段以相同的曲调、略有变化的歌词、反复的咏叹，将一位少年试图接近自己喜爱的姑娘时那种婉转的心绪表达得淋漓尽致。因为这首歌，我对土家族作家田冯太有了更多的了解。他虽已从湖北山村去了昆明那样的大城市生活，但一个人的民族性是刻在骨子里的，一不小心，就要激荡出火花来。

许是歌声牵动了大家的情绪，我们一时陷入沉思和黯然。"就在这湖边唱一唱我们的班歌吧。"不知是谁提议。是的，毕业后，"鲁29"六个同学聚在一起应该是第一次，总得为这次相聚留下些不一样的纪念。我们的班歌其实是陕北民歌《拉手手亲口口》，自从郝随穗的歌王之名在全班打响，每次有活动，他都是第一个被推出来表演。久之，这首歌便耳熟能详，甚至众口能唱了。夜晚，大家时常三五成群聚在鲁院门口的池塘边唱，聚在宿舍的楼道里唱，直到毕业。这首歌虽然是情歌，但我们唱起来，回味更多的却是相伴四个月的同学情谊。很多时候，因为某个人、某件事，一首歌会给予我们一种独特的情境和记忆，会将我们不由分说地拉回到逝去的时光中。

六个人，靠在月亮湖边的栏杆上，由唱得最好的申瑞瑾起头，大家便都用心地唱了起来："三月里桃花花开，妹妹你走过来，蓝袄袄那个红鞋鞋，走到哥哥跟前前来……"熟悉的旋律在胸腔里鼓荡，一种难言的情绪涌上心来。唱完，仿佛又一次回到了曾经的岁月。那时候，我们都仿若少年。请陈晨拍下了我们的合唱，发到"鲁29"的班级群里，然后"@"郝随穗。他霸道地说："没有我在，你们的聚会毫无意义。"我们听见他用语音跟着唱了一段，然后泣不成声。

是的，谁不曾期盼相见，但生命中总会有许多曾经的有缘人，此生都不会再见。想想，不禁唏嘘。是夜停电，黄水镇的冷给了我深刻的印象。一个人蜷缩在床上，数次在杂乱的梦中醒来。

六

从黄水镇入大风堡景区，先是被一大片晚开的梨花迷了眼。人群像蜜蜂一样嘤嘤嗡嗡地涌进来，扑向花海林海。如果不是人为打通道路，大风堡的万亩林海应该是深锁幽闭的，万物的生与灭、花开与花落，完全不为人知。

玻璃廊桥便是斥巨资人工架起的观光栈道。从远处看，它像一条巨鳄朝山峦深处探出头去，悬空在云海之间。据说，这是世界峡谷最长的玻璃廊桥，也是中国第一个峡谷景观玻璃廊桥。透明的玻璃虚悬在300多米的高空，最远处距谷壁31米，比美国科罗拉多大峡谷玻璃廊桥还长10米，其情其景委实险峻壮观。

站在玻璃廊桥上拍照，光影重叠，身后是无数个自己、无数个别人，像极了一个有趣的魔术。往四面远眺，山峦似波浪连绵起伏，一波一波地推向目力所不能及之远处。那无边的绿，无边的高低交错，似乎永无尽头。那些连道路都没有的，处于原始生长状态的丛林，为大自然保留了最后的福地。我不禁暗想，在人类脚步所不能抵达之处，有多少生灵在秘密潜行？回到生命最初的欢歌里，物与物的交叠，代际与代际的繁衍，被遮蔽的或衰落的那一部分，我们不会知道，但并不意味着它们的美丽毫无意义。

一群鸽子在空中飞起飞落，饲养者咯咯咕咕地引导它们与游人亲近。因了生灵的存在，世间之美便又多了几许灵动。

朝大风堡主景区攀登时，人越来越少，或许有的人被1934米的海拔先行吓倒，或许更多的人相信前面的风景无非是一种重复。事实上，这样平缓的登山步道压根没有吃力之虞，我走得很轻松，并相信每一个远方都是新鲜的。娜仁琪琪格的想法与我不谋而合。"既然来了，为什么不去看看呢？"她总是这样说，而后我们一路同行。她的鲜艳裙装成了山间的一道风景，被众多摄影师当作"美模"，拍下许多影像。她和我讲起女子诗会，讲起一群疲惫的、不想动弹的人，因为她指出某一个诗句里说过的地方，重新振作精神奔赴前方。一个人的情趣决定了他去到一个地方的感受，与有同样情趣的人同行，那么好的感受又增添了一倍。

一路上，我们被山间的杜鹃所吸引，被横卧的树枝所吸引，被某只放声啼唱的鸟雀所吸引，甚至一株无名的长相奇特的野草、一根新暴出嫩芽的枝条，也是值得研究的。风是有的，但并未遇大风，凉爽、舒适。每至可观光远眺处，停下来，望三峡库区的水，望层峦叠嶂的丛林，感觉到空气的干净和澄澈，愉悦便从呼吸道一直深入整个身心。那些山真是美啊，因着一道一道的沟壑，高低起伏的层次，丛林的绿在观感上便呈现出了不同的色彩：芽绿、淡绿、草绿、粉绿、中绿、翠绿、深绿、橄榄绿、墨绿……偶尔又掺杂一些粉色的花朵、明黄的叶子、红色的野果，站在每个角度看都有各不相同的美。我相信即便穷尽了整座山，也还是无法尽收其美。许多山区出生的人，不爱看山，觉得腻味，而我每到一座好山，总能百看不厌。这种对万物的亲近，几乎与生俱来。

听说在山的最高处，建有玉泉寺。于是寻找一座庙，成为登顶的终极动力。

途中遇五百年古树三神树。中国人的文化想象是无比宽广的，人活久了会成仙，动物活久了会成精，树木活久了便成了神，比如，这棵三神树，便被当地人赋予了很多的神奇色彩。传说有女子濒临死亡，被爱她的青年带到三神树旁，女子吃了树下的仙草，起死回生，还结婚生子。加之三神树为三棵树连根连枝连叶，合为一体。人们便把它称作来儿树、爱情树、长生树，还在树边盖了古树亭。有人前来祈求儿孙，有人前来祈求爱情，有人前来祈求长寿。所谓心诚则灵，树身上飘扬的红布条，如此热烈地彰显了世人对美好生活的热忱渴求。

在石柱，我已记不清这是第几次遭逢和爱情有关的事物了。我以为，将爱情置放在心灵的重要位置，并非意味着当地人没有高远的理想，而是他们对美好有着自己的理解，并达到了理想的境界。

走过一条长长的幽径，拐个弯就与玉泉寺迎面相逢，这就登顶了。也许是景区道路的设计足够巧妙，虽说山有1934米的海拔，号称"渝东第一峰"，但我似乎并未经过艰难跋涉，甚至连汗珠也没有淌下一粒来。风清气爽，与大风堡这样的山相拥实在令人愉悦。"就在此落发长伴青灯如何？"我与另一名同行者开玩笑。事实上，这何尝不是一种好生活？可凌空览胜，七曜山脉尽收眼底；可长饮玉泉，清澈甘甜直达肺腑；可聆听风声，不闻世间尔虞我诈。管它寺中香火是否终年旺盛，我自清心寡欲、诵经坐禅参悟人世。

暂且打住，我等尘缘未了，这般前景还是只能玄想。

忽然起风，在密密的枝叶间穿过，仿佛天地的耳语。每个人都有自己前行的路径，我听从了风的召唤，却从未感到迷茫。

七

我不知是第几次泛舟在山水间穿行了。遇见太阳湖的时候，阳光正好。一脚踏上船，一轴浩渺的山水画卷便在眼前徐徐展开。这是一座人工湖吗？我分明感觉不到一丝被雕琢的痕迹，仿佛一切浑然天成，天地混沌初开时它便是如此。我忽然记起头一天晚上造访的月亮湖来，昼与夜、开与合，黄水镇为我们营造了两种截然不同的诗意。

踏上一艘朱漆画舫，我与娜仁琪琪格在靠窗的木凳上坐下来。湖面上的风钻进窗户，吹乱我们的长发，看着身边人一袭绿底繁花的复古长裙，恍惚间就有了一种穿越到唐宋的感觉。此刻，若置一张小方桌、温一小壶酒，与三两个言语投机的人对酌，倒不失为一件美事。可沉默不语，听湖边深深浅浅的鸟声；亦可轻言细语，诉各自心中忧闷；或者，来一场高声喧哗，嘈嘈切切，放肆地宣泄了内心的郁积也不失为乐。

但临湖之时，我还是更愿意寂静。因为寂静，你能听见水浪在脚下翻卷的声音；因为寂静，你会从群山的沉默里找到相知；因为寂静，你望见了天上的流云，那么纯净、那么自在。湖水中的生物呢，它们似乎比我们更需要寂静，繁衍以及生息，悠游以及嬉戏。在更深邃更隐秘的水域里，一条鱼也有一条鱼的爱情吧，生儿育女，让一群又一群的小鱼在身后摇头摆尾，这寂静如此美妙。

我没有看见一只水鸟或野鸭在湖岸边起舞。这是春天，最好的季节，也许它们全都躲进爱情里了。湖边的山峦逶迤连绵，似乎永无尽头。丛林那么茂密，可以藏得下全世界生灵的隐私。在这里，万物皆在四季更替中相爱与相守、老去与死亡。人类所追寻的死生契阔，似乎只适合发生于幽闭的环境里。现实中，我们看到那么多意外的闯入者，那么多以甜蜜开头用悲剧收场的爱情。人们被太多鲜亮的东西诱惑了，执守过的初心往往像刹那的烟花消失得无影无踪。

我怀疑，石柱人将两座湖命名为月亮湖和太阳湖，其实是有深意的。你看，多少人对天地日月起誓，以求得爱情的恒久美满。有人对着山石许诺情坚，有人在绝壁处挂上永不开启的锁链，"执子之手，与子偕老"，中国人在爱情里的感受是含蓄的，向往永不分离的终极目标。因为这含蓄，更多的人求而不得，始终在一个人的念想中徘徊。在西方，人们更愿意相信此刻，爱情到来的时候，紧紧抓住它，要消失时则轻松地放开它。勇者如拿破仑，终其一生也摆脱不了爱情的吸引。其实无论含蓄还是热烈，此刻爱着，终究是一件美妙的事。

说着说着，似乎是跑远了。我怀疑皆因太阳湖的水太过温柔、太过清澈，让我想起许多干净透明而美好的东西。一湖澄碧，将它形容为玉一点儿也不为过。玉是温润的，是君子之美。但玉太易碎，就像时间里曾经被打碎的那些东西，越是小心翼翼，便越容易失手。不知是我还是别人握得太用力，反正终归没有一个人将它握住了。

我们被画舫风一般地带回岸边，好时光总是那样短。除了我们一行，四周游人无几。也许是石柱的美妙之处太多，观景的人群被分散，也许是当地人刻意要保持它的沉寂。此刻，无论哪一种解释，于这湖这山这水以及这山水中的生灵万物，都是好的。我不去说什么人间仙境，也不去说什么世外桃源。但我可以相信一棵水杉母树遗世独立的价值，也可以在荡漾的水波里随遇而安。如果石柱的风吹来的低语有一天会消散远去，我还是愿意相信爱情。

至少，在太阳湖，我听见了自己的心跳。

向一道美食致敬

对一个地方念念不忘的因由,有时候是因为一个人,有时候是因为一处景。但是贵州凯里这个地方,的确有一些邪门,我竟是被一道美食绊住,心心念念许久。

按说我本不属于吃货一枚,平日里对制作美食最懒得费心思了。如果可以一日三餐吃食堂以免除做饭之累,我宁愿一辈子就此胡乱对付过去。郑板桥的"白菜青盐糙米饭,瓦壶天水菊花茶"便甚合我意。与人拼团旅游,数我最是随遇而安,但凡吃的均不讲究,倒遂了许多人的愿,他们说怎样就怎样,没有争议,皆大欢喜。

几乎是循着一股浓郁的酸香味进入凯里的。这次是社会实践,他们都说来了贵州不吃酸汤鱼,等于白来。中餐时分,与鲁院的一班师生,就这么跟着导游来了。原木色的门面,一溜儿齐整的红灯笼高悬着，穿着民族服饰的男女工作人员里外穿梭，苗家风情于是一股脑儿地往外溢开来。穿过食物长廊的时候，我结结实实地被空气里恰到好处的酸香给绑架了。起初总以为和醋有关，懂行的人却告诉我，这酸汤是由米汤发酵而成。那就新鲜了，对不屑研究柴米油盐的我，简直是闻所未闻。

据说，凯里地区少数民族古以渔猎为生，他们深居苗岭大山，居住环境潮湿，又缺少制盐产业，因而养成了喜酸嗜辣的饮食习惯。要问他们爱酸爱到了什么地步，看看他们的俗语就知道——"三天不吃酸，走路打蹿蹿"。美食向来是被吃货创造的，像苏东坡爱吃肉，于是就有了东坡肘子、东坡肉。据传，苏大学士还作有《猪肉颂》留世："净洗铛，少著水，柴头罨烟焰不起。待他自熟莫催他，火候足时他自美。"瞧瞧，完全是一副美食家的范儿。

想来，喜欢吃酸的人，总能想出各种花样翻新的办法，把酸味之美发挥到极致。果然，凯里人就有这个本事。他们最初以酿酒后的尾酒调制酸汤，后来不知谁脑瓜子灵光一闪，发明了米汤酿造法，即以米汤自然发酵为汤底，配以木姜子、腌制西红柿酱、糟辣椒等多种佐料熬煮，就成了香飘千古的酸汤。其工艺想必是复杂的，作为秘制，个中细节无法打探。不过说真的，即使把方子给我，想必我也不会认真照做，费那工夫，拎瓶醋回家得了。

小时候，家里也做酸菜。冬天里，母亲将白菜或风菜晒至半干，塞进陶制的瓮里，一层一层地撒上盐，再用大石块压平压实，最好放在温度略高些的厨房里。过不了几天，酸味就弥漫出来了。酸汤也有，就是酸菜瓮里舀出来的汤水，通常是拌些薯粉放锅里搅，焖成稠稠的一团，遂成了一道风味独特的菜，下饭极好。江南也属鱼米之乡了，河鱼、黄泥塘鱼数量颇丰。可惜我们的祖先硬是想不到把酸汤和鱼混到一起煮成酸汤鱼。我突然有些释然，心想大概鄙人懒于制作美食的习性并不是没有基因的。

当然，这么说真有些长他人志气灭自己威风之嫌。想想啊，我们老家的红薯叶米果、艾叶米果、芭蕉米果、焙炉豆干……一系列美食，别处就拿不出来。去到一个地方，总有一些吃法是我们不曾谙熟的。比如重庆人吃豌豆苗，大把大把地涮进锅里。我一边大把地捞起大快朵颐，一边暗自嗟叹："我们老家愣是不晓得吃，那么多豌豆苗铺在地里等着老去，白瞎了。"可是回到瑞金，在宾馆陪同客人吃饭，指着桌上的李德鸭、牛肉汤、半圆子……一一介绍过去，看到客人那连连点头称赞的新鲜劲，自豪感又油然而生。人无我有，人有我无，这或许本是自然规律。尘世浩渺，谁能占尽天下尤物？

其实做酸菜也有风险，要是石块压得不踏实，一不小心就漏风了，漏风的酸菜也就是臭酸菜。好玩的是，乡村里居然有些人口味奇特，偏爱吃漏风的酸菜，比如住在私厅里的国根爷。一碗酸菜端上桌，首先拿鼻子那么一嗅，臭不臭呢？不臭就不动筷。还好国根爷这样的奇葩像跑进平原的老虎一样，极其稀有，因此人们对酸菜的评判标准还是相对一致的。麦菜岭的新媳妇一进门，首先就得考验她会不会做酸菜。谁家的酸菜做得色泽金黄、气味香醇，谁家的新媳妇就算在村里有了受人待见的资格。

用新买的陶瓮做酸菜，还得问别家讨一小勺酸水做引子，没有人解释为什么，似乎祖祖辈辈都是这样做的。究竟是为了保证味道的醇正，还是作为一门技艺薪火相传必不可少的环节，我猜不透，总觉得这里面有那么一些玄妙。问谁讨呢，当然是问那些做得好的老把手讨。因此，小时候来我家讨酸水的新媳妇似乎挺多的。讨酸水的同时，又把制作细节讨教了一遍。我们家为此少吃了许多回酸粉菜，母亲却颇是自豪。回想一下，盖因我母亲手艺好，对他人又不吝惜吧。

酸汤鱼还未上桌，一个穿对襟褂子的苗族男生手抚月琴，边弹边唱走了过来。同学赵峻是个一听到音乐就想跳舞的女生，抢先围了过去，跟着轻轻地哼。于是又引来一群女生，花痴一般拥上去与男生合影。当然，我也没能幸免。原来吃饭也是有仪式的，我着实要为苗族人的讲究竖个大拇指了。十人一桌，总是走得近一些的同学很自然地团团围坐。徐庶用他那只军绿色的小提包放在一张凳子上，算是替我占了位置。我刚一冒头，他便招手："这儿来。"于是，我就领了情坐在旁边，照例是徐祯霞坐在另一边。说真的，对酸汤鱼我并未抱多么大的期许。反正到哪儿都尝试当地特色美食，留下深刻印象的却几乎没有。

说话间一大钵的酸汤鱼就端上了桌。其汤色鲜艳橙红，果然携带了西红柿的光彩。汤内一条鱼分割成花瓣状，首尾相连，弯成一个椭圆，上面撒一些绿色的香菜叶，红白绿交相辉映，光是形式便诱人了。彼时大家走了一上午的路，皆是饥肠辘辘，十双筷子便齐齐地扎进了锅，各自取用圆弧中的一段。毕竟是爬山地、吃酸菜长大的人，我忽然发现自己的味觉与贵州人如此接近。就这么一块酸汤鱼，立马将我俘虏了。我竟吃出飞升一般的感觉，飘飘然欲入仙境。没等我回过神来，鱼肉几乎见底。我瞪大了眼睛看着大家，难不成来自天南海北的同学，也都与酸汤鱼对上了胃口？

那么，就剩下吃酸汤了。先是试着舀了一小勺，不承想其味之美完全盖过了鱼肉之鲜，我实在无法用语言形容，只好复舀一大碗鲸吞之。这种吃法委实有些危险，肠胃不是很好，但凡外出尤其需要注重饮食，照这么任性下去，十之八九要出问题，可我还是忍不住又吃了一碗。下午，我等着肚子咕噜咕噜向我提出抗议，以惩罚我对美食的贪婪。晚上，我仍旧在等酸汤前来造反。可是，它们都乖顺极了，一点也没有要聚众闹事的意思。酸汤鱼是美食，还可放心饕餮，这就极大地出乎我的意料了。

美国有部爱情片《美食、祈祷和恋爱》，女主说过一句话："唯美食与爱不可辜负。"在没有对某一道美食着迷之前，我向来不以为意。但是遇上了酸汤鱼，我只好缴械投降，只好和他人的经验合并为同类项。哗啦啦一下子，三十多年的饮食经验就被酸汤鱼篡改了。就像爱情，没遇上之前，你总是对别人那副魂不守舍、傻到冒顶的无可救药之态心生鄙夷："不就是一个男人嘛，至于吗？"当自己爱上某个人，明知犯傻却仍旧飞蛾扑火的时候，就只剩下内心里的一声叹息了："俗人啊俗人，概莫能外啊概莫能外。"

忽然忆及念初中住校的时光，从星期一至星期五，陪伴我的就是一玻璃罐酸菜。尽管酸涩，却能下饭，且不至于像大鱼大肉那般让人生腻。它们以酸涩喂哺我，在我最需要营养的青春时期。我至今保留着瘦弱的体型，以及对大肉的不耐受。当然，还有骨子里的那股韧劲，像酸菜一样，不容易发馊变质。直到今天，每当胃部感觉肥腻吃不下饭时，唯有酸菜可解其困。

家乡的酸菜与凯里的酸汤虽则同为酸类族群，但长相与形味却完全不在一个频道上。家乡的酸菜颜色暗浓，没有可供观赏的鲜丽姿态，更像一个瘦弱的小女生，不引人注目。你爱或者不爱，她自有小小的长久的忍耐。凯里的酸汤鱼却是风姿绰约的美妇人，一出场就惊艳了众生，多少人想一下子将她据为己有。好了，这下我将她"据为己腹"了，忽然从心里冒出一个有些好玩的念头：若为情人，我愿意为她摒弃了人性中的喜新厌旧，生生死死地爱着她。

我深度怀疑这世间除贵州当地人外，知道酸汤鱼的人并不太多，否则世人趋之若鹜、蜂拥而上，酸汤鱼就肯定不是酸汤鱼了。可贵的是她竟然没有被强加上一个美艳的名字，诸如西施舌、贵妃鱼之流。酸汤鱼还叫酸汤鱼，那么简单、那么直白，是那种一听到名字就想流口水的直白。说真的，名字太过香艳的菜品，我反而是不大敢尝试的，生怕失望。

就这么带着对酸汤鱼的不舍，从贵州返回了北京。鲁院食堂的菜是北方口味，连汤也加了淀粉勾芡，一切都带着糊状的样子，让我对每日下肚的东西只是一片模糊而寻不着根底，留不下记忆。许是北方人不喜食酸的缘故，顶多就是在桌上摆瓶醋用来蘸饺子，至于那种自然发酵的酸菜的酸味儿，几乎一回也没有遇着。我日日思念起贵州的酸汤鱼来。专程去一趟贵州显然是不现实的，只好暂且吞下馋虫。某次偶然交谈，我听作家杨献平说，鲁院附近嘉华大厦有家正宗凯里酸汤鱼店，便再也按捺不住。想想，让一个对吃食素来抱无所谓态度的人即刻长出馋虫来，除了酸汤鱼，还有谁可担此重任？

一日与同学吴文奇、徐庶共同前往西城区太平桥大街拜望了几位老师，返程时已是晚饭时分，我极力建议同去朝阳区嘉华大厦品尝酸汤鱼。两位男同学或者出于谦让，或者对贵州之味仍保有好感，于是一拍即合。门面上打着正宗凯里酸汤鱼字样，让我不禁充满了期待。反复询问是否正宗，服务员都肯定地答复："放心，我们的原料和厨师都是从贵州凯里来的。"只是酸汤鱼上桌之后，我却没有吃出凯里的味道来。我望了望那些穿着苗族服饰的姑娘，心中暗想，其中有几个是来自贵州的呢？难道是"南生橘北生枳"的缘故，还是那个掌勺的人再没有慢悠悠酿一锅酸汤的耐心？

当然，据说品尝一道美食，和谁吃，在什么地方，在什么情境下吃，吃出来的结果都是大相径庭的。凯里当地一个美丽的传说足以佐证。相传在远古时候，苗岭山上有一位叫阿娜的姑娘，长相貌美，能歌善舞，还擅长酿制美酒。该酒清如山泉，有幽兰之香，声名传遍方圆几百里，引得一拨又一拨的小伙子前来求爱。对求爱者，姑娘无一例外地斟上一碗自己酿造的美酒。奇怪的是，不被中意者吃了这碗酒，只觉其味甚酸，心里透凉。只有那中意的人，喝到嘴里甘甜清洌。姑娘用婉转的歌声道出了真相："三月槟榔不结果，九月兰草无芳香，有情山泉变美酒，无情美酒变酸汤……"

没有在对的地方遇上对的酸汤鱼，只能说是缘分使然，或者，真正的美食只合想念，就像真正的爱情。她酸溜溜地躲在味蕾的某些个细胞粒中，一不小心，就牵动了大脑神经，触动了唾液腺，口水就悄悄地冒出来。得不着，最是让人百爪挠心，也最是让人爱得情真意切。

从那以后，我再不费心地四处奔波，去寻找一家正宗凯里酸汤鱼店。我愿意用漫长如怀念的光阴，在心里向一道美食致敬。

丛溪庄园的白天与黑夜

申时：抵达

一座徽派的牌坊，将我引入丛溪庄园。

秋天迟迟不来，蝉鸣一声一声叫得绵密。只有几株铺张的梅树，以通身微黄的叶色，昭示季节的来临。南方常常是这样的，一年四季都有落叶，又一年四季都充盈着绿。故而园囿间铺就的那一层枯叶，并不能指向秋天的萧瑟之意。

这是婺源，我所站立的地方，叫秋口镇白石村。我一字一字地念出这地名，就像有古老的音符在唇齿间滑过。秋，是婺源最美的季节；白，是婺源民居最磅礴的颜色，有色彩斑斓，又有素净安宁。它们都是在时间中沉淀下来的风格，一同构成徽派古村的美。

进八号楼,三层,一个简约又雅致的房间。我斜靠下来,听见窗外秋蝉声依旧不停歇地钻入耳中,就这么静静地听着,感知这份热闹中的静谧。不知道它们在说些什么,只是觉得它们那样用力、那样投入,仿佛有无数的不甘、无数的渴望,需要倾诉、需要发泄。对人类,那声音单调又机械,是永无休止的自我重复;对蝉类呢,想必内涵中有我们不了解的丰富,也许,那言语中有爱恨、挣扎,有对短暂生命的无限留恋。

将神思从幻想中收回,起身,拉开薄薄的窗帘,眼前出现一棵枝冠硕大的古樟树。一种不太真实的感觉,将我拉入某个遥远的时期,或某种与世隔绝的境地。探出头去,窗外是一例的白墙、灰瓦,不见一个人在楼下行走。我这是在哪里?惊疑自己的装饰,怎么不是罗裙、云鬓,也没有手执团扇。我需要等待些什么,又应该忘记些什么?

等待,是古徽州女子的日常事,执着,又坚韧寂寞,又不乏憧憬。从前的光阴慢,出门的徽商,一次外出少则一两载,多则三五年,还有那十年二十年甚至一辈子不回来的。不管有没有音信,会不会另择妻妾,家中照样将他奉为精神支柱。一群女子,在漫长的等待中煎熬了岁月的芳华。

男人总是将自家的窗户修得高高的、窄窄的,光线暗淡没关系,暖阳不入也不要紧,最重要的是女人的"安全"与自我隔绝。大门不迈,二门不出,不越雷池一步,是她们的美德。

她们总是被告诫,女人不应该想太多。她们最大的使命,是认命,是将一生付诸等待,无论那希望会来,还是永不到来。

忽然莞尔,此刻,我身在古徽州,却不折不扣是一个现代人。前几天,三清媚的毛会长发来微信,说,来婺源吧,一起过个中秋。我知道,在她组织的三清媚女子文学社团里,有一群现代女子。她们热爱文艺,四处行走,记录山水,大大方方地表达喜怒哀乐,呈现各色各样的美。这样的活着,与古徽州女子是截然不同的一种姿态。

先生是不大乐意我出门的。一个人过中秋,于谁,都不是一件高兴的事。我还是拖着行李出发了,平生第一次,从团圆的习俗和道德的自我约束中走出来,走向了外面的世界。想起那些年,先生为了他的事业,左冲右突,将我和幼女放在一边,种种委屈,我全吞下了肚。是的,所谓女子德行的背后,往往是禁锢,是伦理天平的失衡。如果换作十年前,我会自然而然地向他妥协。如今想来,其实每个人都应该属于自己,而不是他人。

现在,人生已近半途,余下的选择,我想交给自己。

在微博里,我写下一段话:"静谧、恬然,婺源丛溪庄园,一个可以住下来寻梦的地方,阳光那么暖,山水那么近,蝉鸣那么密。时间在这里,变得缓慢、悠长,仿佛一天便足以度过一生。"

有没有共鸣，都无所谓。

酉时：丛溪

偌大的庄园，我还没有出去走走，实在是一种浪费。

出门，左转，一条幽静的小径，几幢古色古香的楼。屋檐下，几盏灯笼已经点亮，若明若暗中，氤氲着旧时大户人家森严又带几许慵懒的气息。

河边休闲台上，镶嵌着深灰色的木质地板。踩上去，咯吱咯吱地响，好像是故意要制造些声响，以平衡古村之静似的。

傍晚的丛溪，是恬静的。从游步道走下去，丛溪就触手可及了。许是久未有人踏足，河边最下层的游步道，已经钻出了许多野草。人在创造这个世界，又时常遗忘或远离曾经创造过的世界，任由自然万物将设置好的程序悄然修改，其中，有主动放弃的，也有无奈离开的。听说，最初进入庄园的那个人，怀抱梦想，巨额投资，期盼打造一座人间天堂。再后来，他梦想折戟，身陷囹圄，令人唏嘘，不由得就想起曹丕的话："节同时异，物是人非，我劳如何！"

天空渐次发灰，而丛溪的水依然是蓝的。水中倒映着矮山和绿树，因其澄澈，枝枝丫丫的线条都极清晰。河的下游，有一座装饰得很有徽派风格的桥。桥下，一个老人撑着竹排躬身而立,手中的白色渔网正在收拢。看样子,他拉网时并不吃力,也许收获不丰。这样的捕鱼人,在河里越来越罕见了。水被拦截,鱼在减少,更多人选择了其他的谋生之道。我在想,老人可能打了一辈子的鱼,放不下他的竹排,放不下这份老营生。每一次微薄的收获,都足以支撑他继续荡舟丛溪。

我往河的上游看,见一群鸭子,在水中浮着,白色的羽毛和蓝色的河水相映成趣。它们温顺地在水中逡巡着,也不急着捕食,也不忙于嬉戏,也许忙活了一天,砂囊已满,玩也玩得够了。等天色再晚些,不需要主人寻找或召唤,它们就会摇摇摆摆地回家去。

对面,应该有一座村庄,应该还有一些女人,时常来这溪边浣洗,或者捡几块大石头,压一压家中的腌菜缸。那样的日子,都是烟火日常。如今,留在村庄里的人,多半没有大富大贵,却也吃穿不愁,怡然自得。逢年过节,等着年轻人从城里赶回来,为他们奉上一桌精心准备的"妈妈的味道"。

我举起了手机,将丛溪摄入镜头。那时我不知道,还有别人也举起了手机,将我与丛溪同时摄入了镜头。卞之琳在《断章》里写道:"你站在桥上看风景,看风景的人在楼上看你。"世间许多事情,皆很自然地进入一种相对之境。后来,我收到了这几张背影图,得知作者是一位来自江苏的摄影家。这次活动,三清媚邀请了多位来自全国各地的优秀摄影师。此后的几天,我亲见他们化平凡为神奇的摄影艺术。除了设备的精良、技术的娴熟,我想,好的作品更多来自角度的选择、主次的剪裁,还有对风景的个体诠释。

在河的对岸,水面清浅处,露出了石头和沙滩。我多想横跨丛溪,踩上那粗糙的沙石,即使像小时候那样,只是挖个坑,看着溪水汩汩地溢满它也好。小心地走到水边,水位时涨时落,石头上便有不少青苔,湿滑得很。蹲下来,掬一捧水,感受丛溪的清凉,不时溅起一阵水花,自顾自地玩一阵,那些童年的快乐,仿佛便又回来了。

水面宽阔处,一些水泥石墩,将丛溪隔成了两边。几位旅游摄影师放飞了无人机,两个身穿文艺长裙的女生在石墩上一遍一遍地走。也许就在今晚,这些片子会被制成视频,在网上收获无数的点击。新媒体的兴起,拉近了地域的距离,也使一部分人成为美食和美景的引领者。我在网络上看见他们的风光,又在现实里目睹他们的辛苦。是的,任何骄人的成绩,都并非唾手可得。

夕阳渐渐朝低处坠落,光线越来越暗。摄影师和模特正在收工,我与他们一同起身离开丛溪。

上岸,目光再次越过丛溪,朝夕阳的归处看。只见远处的群山,从青绿转为墨绿,深得像海。

戌时：良夜

夜已经黑透了。天幕如一块大青布，严严实实地罩住整个世界。偶有几颗星星，在漆黑的夜色中腾跳出来，闪出一星两点的光亮。

吃罢丰盛的晚餐，从庄园里走出来。返身再看适才用膳的处所，红灯笼摇摇曳曳，周遭的树影在若有若无的光线中婆娑轻舞，仿佛有无数秘密，掩映在幽暗中。

我走到丛溪岸边，听不见河水的响动，也看不见对面的风景，只感觉到时间，一刻不停咔嗒咔嗒地走。

中秋之夜，想来天下百姓多与亲人团聚着。掌厨的忙前忙后，一家人围着一大桌子酒菜说说笑笑，也有不懂事的孩童四处捣乱，却招来长辈加倍的疼爱。

一张大长桌拼了起来，葡萄、冬枣、瓜子，还有婺源的特产茄子干、南瓜干，一一装盘摆上，月饼自然是不能少的。徽派的老式月饼，最有名的莫过酥月，黑芝麻、桂花、白糖、芝麻油、果仁入馅，经炭火烘烤，外酥内甜，香软可口。酥月的来历很不简单，手工制作，传统柴火烤成。婺源人有一句谚语形容它，叫作"黑馅肚，蜡黄皮，上刀山，下火海"。

我喜欢这月饼的名字，它又被称作"月亮的饼"，甫一入耳就顿生诗意。听说，它已被列为非遗项目。从前，会做酥月的师傅很多,婺源人在农历八月里走亲访友,都不忘带上一提月亮的饼,以示郑重。牛皮纸的包装,纸面上渗出香来,渗出油来,馋得孩子们口水直流。如今,现代机械大量取代传统手工艺,包装精美的月饼太多,留住味蕾记忆的却很少,能吃上一口地地道道的酥月,也不啻为一种幸福了。

音乐缓缓地流淌开来,三三两两的人,这一桌那一桌地围坐着,等月亮,也有人起身走动,拿相机拍摄夜景。赏月夜话,是今晚的主题,可月亮不知是羞怯还是休憩,迟迟不肯露面。草地上安放的几个夜灯,又圆又大又白,倒是很像月亮。

等到蜡烛点起来,茶水也递了上来,我们开始团团围坐,先是喊喊喳喳各自小声交谈,等人都坐定,摄影师决定拍一段小视频。烛光映红了每个人的脸庞,摄影师仍觉得光线不够,又添上了专业的打光设备,再让大家打开手机的手电筒。无人机一遍一遍地从眼前或头顶飞过,我们一遍一遍地朝它挥手,露出类似灿烂的笑容。仅仅是一个小场景,就过了N遍,想来那些专业做影视拍摄的人,需要有多少常人所不具备的耐心。

忽然感叹,这真是一个我完全陌生的群体。无论摄影,还是写作,他们追求的都是高效、即时,视频、照片、文字,用很快的速度编辑好,然后在多种自媒体发布,今日头条、抖音、快手、微博、小红书、公众号,乃至油管……他们的阅读群体,在网络。流量变现的时代,他们如先锋般走在前列。这些领域,正是多数纯文学写作者所疏离的。

夜话开始了。从毛会长开始，说三清媚的来由与十五年的发展，个人的坚守和不易。没有一个具体的主题，每个人天马行空地说着，说生命的际遇，说某一个阶段的领悟，说对文学和旅行的理解……除了毛会长和杨怡母女，我与这个群体的女子，多数是初次相识。她们都是有故事的人。我在安静地聆听中，感受她们生命的丰富。爱情、婚姻、子女、亲人、自我，每个人都在行进中逐渐成长，最终认识到那个真实的自我。

为了那个真实的自我，女性要跋涉多么漫长的路啊。一次庄园夜话，只是数亿中国女性生命状态的一个侧影。

不知不觉中，月亮悄然高悬天空。万缕清辉，映照大地，也将映照今夜的梦境。

辰时：归去

阳光从薄纱的窗帘透进来，告诉我又一个清晨降临人间。我仿佛睡了很久，做了无数个模模糊糊的梦。

昨日在婺源的几个古村走了一天，天气依然炎热，累自是不必说的。三清媚团队几十人搭乘昨夜的高铁返回上饶，丛溪庄园一下子就冷清下来。毛会长留下来陪还未返程的远路客人，我走下楼去，一位北京的摄影家刚被送上出租车。

仍有些空闲，我选择再在庄园里游逛一圈。清晨的庄园与夜晚有着不一样的韵致，它更明朗，更添了生气。朝霞之下的凤凰阁，色泽有了鲜活之气。踏着木楼梯走上去，整幢楼阁空无一人，我却并不害怕。我不知道，庄园最初的创造者，是如何定位这幢阁楼用途的，它显然只是用于供人观赏。

后来方知，电影《我不是潘金莲》曾在庄园取景，电影里的导演和演员曾长时间下榻于丛溪庄园。一个怀揣梦想的人，一个想创造南方横店的人，无论如何，都是与众不同的。我不去评判对错，只是觉得，大事和小事，务实的事和逐梦的事，总有人在做。

一段曲折的木质回廊，古香古色，很有情致，只是座椅蒙了一层灰，大概已空置许久。我不禁想，顶上的灯笼，曾为谁亮起？我穿过回廊走进一座空置的大院，见几间曾布置得很有格调的房子，低垂的灯盏、舒适的靠椅，当初那个设计师，是一个多么有匠心的人。可是谁又敌得过岁月的变迁呢？

我偏爱徽派建筑中的马头墙，灰的瓦、白的墙、高高翘起的角，分明的层次，端庄又不失妙趣，有着无以言说的色彩和结构之美。有的马头墙上，生长了零星的野草，像风中的绿旗帜，摇曳着生命的顽强。还有那些中式的对开门，也是极好看的。连门上的龙形对锁与铜锁环，都装饰得精美有样子。阳光照亮门扇的上部，树影遮蔽门扇的下端，制造出一种光影的疏离之美。这扇门显然已经许久没有被人打开了,一小段青砖铺设的小径,落满了黄叶,踩上去,窸窸窣窣地响。

整幢庄园,是沿丛溪而建的,随意找一条小路,就能走到丛溪边上。我看见几棵芭蕉树,娉婷地立着,走过去,一棵老树横斜着枝干,为我制造一个天然的拱门。河岸上,野草铺天盖地。不,我不能全将它们认作野草,牵牛花在其中开枝散叶,紫色的、白色的、粉色的花朵令我倍感亲切。小时候,我曾将牵牛花的种子散布整个麦菜岭,直至夏秋之季,到处开满了热烈的花朵,像圆我一个被花包围的梦。一枝红色的彼岸花灿烂开着,花茎挺拔,花蕊纤长。我喜欢那些具有浪漫名字的花,虽是野花,却有美过家花的气质。

几幢沿溪而建的吊脚楼,墙面和屋顶几乎已被藤蔓覆盖。我猜想,它们曾经也有过居住者。屋子与人,是相生相成的。再古老的宅子,只要有人日日守着、修整着,就不至于腐朽。这几天,我在婺源看到太多这样的老宅,被一些老人守着,清清爽爽,古意十足,心生许多羡慕。其实,世间所有的荒凉,皆因人的背弃。

只是我亦不必太过悲观,物极必反,就像我所在单位的那幢院子,曾经也被抛弃,长满杂草,后来几经修复,成为一个文化味很浓的办公场所。这十年来,我将大部分光阴都沉浸其中,并乐此不疲。时间长河里,天地万物不都是遵循着荣枯、盛衰、生死、有无的自然规律吗?

　　辰时,我从庄园离开。归去,仍是此生中最重要的路途,无论,有没有人开门迎我。

寻找山哈

山哈,是畲族人赐予自己的独特封号,意为居住在山里的客人。一个"山"字,便像脸谱似的给一个民族贴上了标签。事实也的确如此,从历史的迁徙路径来看,无论福建、浙江、广东、江西、安徽,畲家人的足迹无非是从一座山向另一座山的奔赴。

这是景宁,毫无悬念的是一座山城。今年夏天,我从江西瑞金出发,历经十个小时的穿山越岭,前往位于浙江省西南部的丽水市景宁县,只因为,它是全国唯一的畲族自治县。

许多年以来,我背负着已经无法厘清的N分之一山哈血统,像一粒成分不明的药丸,失去了独特的气味和药性。我需要找寻的,是有着鲜明的符号,独特的色彩、性状和气味的山哈。这样的找寻,其意义不仅仅在于对一个民族风土人情的认知、靠近与从属，更多的应是一种基于灵魂的寻根、溯源和皈依。

遇见非遗

从景宁县城前往郑坑乡，公路左边是水，右边是山，路遇车辆行人极少，屋舍人家亦如是，颇有人迹罕至之概。此去是体验郑坑首届畲族非遗文化节，路途遥远，甚至还绕过一段塌方。从地理意义而论，所谓非遗，向来多属偏僻之地，郑坑没有例外。落后和原始阻隔了现代文明潮水般地涌入，也留下了最为珍贵的非物质文化遗产。

进入大门的时候，一排身着民族盛装的妇女手持彩带，笑得如许灿烂。她们将彩带一一围在客人的脖子上，是送给尊贵客人的礼物。我弓了身子，接受这一份热情的迎接。传统的畲族姑娘自五六岁起就跟着母亲或姊妹学织彩带，一生中织得最漂亮的那一条，只送给她的心上人。如今，手工编织彩带的人自是不多了，但畲族彩带编织技艺已被列入浙江省第二批非物质文化遗产。真的，在畲乡，你一不小心就会和非遗撞个满怀。

在我看来，祭祖舞、传师学师和功德舞虽属传统的祭祀仪式，但更像一场繁复的舞蹈表演。台下锣鼓有节奏地敲响，台上男子戴香火帽、头冠，着乌蓝衫、赤衫，相对而立，忽然击掌起舞，步履轻盈，风一样地旋转、穿梭。他们且走且歌，伴以木刀、木拍、铃刀、龙角、扁鼓、铃钟等道具，或吹或摇或碰击出声，一个一个程序有条不紊地演绎着。天气如此炎热，而他们的长衫却那样厚实，表演的时间亦如此漫长，似乎总也没有结束的时候。阳光照在他们黧黑的面庞上，我看到有汗水滑落下来，但没有难以忍耐的表情。这就是山哈，强悍、质朴、奉献、坚忍，如果可以，我愿意把这些也算作非遗的一部分。

此前只从文本上熟悉"上刀山下火海"这样的词汇，知道是比喻极其艰难危险的事情，权当是个神话或臆想。没想到在郑坑，却能观赏到真正的上刀山下火海非遗表演。

刀是真正带着利刃的刀，一把一把均匀地钉在木梯上，下方以红布覆盖。照例是冗长的祭祀和表演，法师头戴神额，身着红色长裙，手持龙角、铃刀、震铃，吹一阵、跳一阵、唱一阵，誓要吊足了看客的胃口才徐徐走向刀梯。我不错眼珠地盯着那双脚，踩过一层一层的利刃，毫发未伤。在梯子的最高处，他还悠闲自在地从腰带上拔出了龙角，又进行了一番煞有介事的表演。待他下来之后，我上前亲手摸了一下刀刃，白得瘆人，惧意顿生。走远了，再回头看，一片寒光闪闪。

火是货真价实的燃烧的炭火，如果阳光不这么耀眼，应能看见火红的烈焰。远远地靠近火堆，便炙得人脸庞生疼。而那个下火海的法师，不仅要自己从火中穿过，还要领着一群非专业的弟子下火海，且都由素不相识的游客组成，这不能不令人吃惊。法师为每位弟子的脚底喷水，画符，念我们所不能懂的咒语，据说这样做足了法事便可保不被烫伤。果然，法师身先士卒地从火海中跑过、跳过、滚过之后，开始领着弟子们纷纷从火堆上穿过。那么大的一堆炭火，近百度的高温，他们赤脚从火海中踏过后，除了沾染上乌黑的炭灰，竟然无一丝一毫的烫伤。身为游客的临时弟子被亲友团拉住，问长问短，却没有人能解释出一个所以然。

我想起一次被鱼刺卡住喉咙，无论如何都吞不下，也吐不出，心想除了上医院，已经别无选择了。有一个人端来一杯水，口中念念有词（据说是口诀），迅速地在水上画了一道符，嘱我喝下，鱼刺竟神奇般地和着水吞落肚中。如此种种，如何用科学作出解释？你可以不信，但它们又真实存在。

关于传承

还是要说到非遗。在郑坑乡，我们见到了年届七十的蓝土成老人。他坐在木制的矮桌前，桌上赫然立着一块非遗文化传承人的牌匾，由丽水市政府授予。他所掌握的牌位雕刻技艺，正面临失传。

在畲族，祭祖是一件非常隆重的事，每个村一般都建有祠堂，内供祖先的牌位，没有祠堂的，也会在二楼正中的位置摆放牌位，供奉祖先。牌位的雕刻、上漆，每一道工序都需手工完成。可是现在，能找到的牌位雕刻人，似乎只有蓝土成老人了。

我问老人，你有徒弟吗？老人摇摇头，用含混的语音说没有。他是在二十出头做木工时，偶遇一位八十多岁的老人，指着祠堂对他说，这些牌位如果没人做，就要失传了，以后祠堂就会空空的。斯人将去，祖风难存，我能想象一个耄耋老人的怅然。这份怅然果然打动了蓝土成，他拿着老牌位自行研究，竟逐渐形成了自己的一套雕刻技艺。现在，各村各家摆放的牌位，多出自蓝土成之手。四十多年光阴转瞬即逝，他却至今没有找到一个合适的传人。

为什么不带徒弟呢？他说，带过几个的，但是牌位雕刻要很细心、很耐心，他们坐不住，就去打工了。老人粗布蓝衫，身前摆着一个半成品的牌位，他拿着几块木板配件合拢给我们看。桌上还有一堆大大小小的刻刀，刀锋尖方圆扁形态各异。他说，这些刀具都是自己制作的。细读他淡淡的表情，似有自豪，也有失落。再过二十年，还有谁能拿起这些刻刀？

我想起在上刀山下火海的表演现场上，和一个三十多岁的当地妇女进行的一番对话。

你以前看过这样的表演吗？

没有，我也是第一次。

这几个法师你都认识吗？

认识，他们都是本村的，还有家庭，有小孩。

那他们收了徒弟吗？

没听说。

那么，这些非一般人所能掌握的非遗项目，该怎样传承下去？畲族没有文字，一切民族的、传统的东西仅靠口耳相传。当年轻人再也不甘做一名地道的山客，大量地涌入城市，为现代文明所浸染，还有谁愿意回归并坚守最古老的遗风？

我们初进郑坑时，在路的一边列队欢迎，演唱山歌、请茶歌的，清一色是中年以上的妇女。路的另一旁吹响龙角、迈动舞步的师公队，也是清一色中年以上的男子。直到祭祖舞、传师学师等表演之时，我们发现，盛装出场的依然是那几个男子。我问一个身穿畲族服装的本村人，为什么全部节目都只有这几个人在表演，他们没有徒弟吗？他说，有是有，但很少，而且练得不多，都不是很熟练。

午饭时，我们得到了最热情的款待。几道菜上过后，一群畲族妇女唱着敬酒歌前来敬酒。为首的双手端着一个托盘，托盘上燃着一对大红蜡烛，下面还垫有一块红布。小小的酒杯就放置其中，斟满金黄的山哈酒。她们走到客人桌前，一首一首地唱，一杯一杯地劝。我虽听不懂唱词，却不由得对这一庄重的仪式心怀敬畏。

一对年轻漂亮的姐妹花也前来敬酒，众人起哄要她们唱畲歌。戴着眼镜的妹妹表示自己不会，幸好姐姐会，她大大方方地唱起来。我心中突然漾起一种感动，在场会唱畲歌的人中，她大概是最年轻的一个了。

现在，还有多少年轻人留在畲族村寨，还有多少年轻人愿意跟着上一辈人学习这些看不到什么效益的技艺，我是心存疑虑和恐慌的。

后来在QQ上，郑坑乡八〇后的青年雷李江告诉我，他接下来准备组织一支非遗队伍，让村里的年轻人都去学。如此，我们有理由心怀期待。

族群血脉

走进中国畲乡之窗景区大均村，一路同行的畲族小伙子钟建明把我们带进了他的店里。店里售卖各种畲族工艺品、干货食品等。看店的是他的未婚妻，一个长发如瀑，长得非常漂亮的女孩子。

我不禁产生了好奇，她是畲族人吗？答曰汉族。不难想见，再过几年，他们将要拥有的，必是一个或几个兼具畲汉血统的孩童。事实上，在传统的畲族村里，这种畲汉通婚的现象其实并不多见。钟建明说，也就是最近几年的事。在他的家族里，此前只娶进过一个汉族的嫂嫂。

现在，钟建明是景宁县电视台的畲语播音员。他和我讲到他小时候念书的情景：最初接触的几个老师，上课都是讲畲语，读了好多年，还是不会说普通话。后来上中学，听汉族老师讲课，如听天书。况且上学要走好远的山路，能够坚持读下去的孩子着实不多。还好他后来慢慢适应了，也便读出来了。像这样因读书而改变命运的孩子，在畲族村里想来并不多见。

多年以来，交通的阻隔、语言的障碍、风俗习惯的差异，很自然地形成了畲族村落的闭锁状态。婚姻，于是就成了此村与彼村、这座山和那座山之间互通有无的方式。蓝、雷、钟三个畲族大姓，世世代代地互结秦晋之好，血统不可谓是不纯正的。像一路随行的雷李江，也是娶了畲族女子为妻。他和妻子的两个家族中，至今还没有嫁娶汉族人的先例。在郑坑乡，他与我们走进任何一个畲族村里，随便都可以指出几个亲戚给我看：这个是姨妈，那个是舅舅，还有姑姑、外公等若干亲戚。因其入赘，妻子是蓝土成老人的孙女，故而又称呼蓝土成爷爷。说起来，他和钟建明也能攀上表兄弟关系。依现在的形势看，这样的族群婚配还是民族的重要传统之一。

那么血缘呢？虽说蒙昧年代的表兄妹婚配现象早已不复存在，但是在亲戚与亲戚之间错综复杂的结合中，是否难免越走越近？人口素质的优化与民族血统的纯正，究竟哪一个更为重要？我相信，任何一个民族若将自己困囿于一个狭窄的范围之内，都不会是一件好事。

但是究其原因，这和畲族人长久以来所遭受到的挫折磨难是分不开的。山哈曾经饱受歧视和排挤，不得已自我封闭，自尊而又掺杂着自卑，对外族时刻保持着一份戒备。这种经由历史沉淀下来的民族心理，不是一朝一夕就能改变的。如此，也就不难解释为何历史上福建、江西等省有大量畲族人转为汉族了。在特殊时期，将身份隐藏起来，趋利而避害，是人类生存的本能。

后来在汽车上，我与景宁县文联主席李人海就此事又进行了一番交谈。他讲到了景宁对畲族打开族门的诸多鼓励和扶持，包括户籍政策。当畲汉两族之间发生婚嫁时，他们都可以自由选择归属其中一个民族。宽松的政策，打消了更多年轻人的顾虑。而畲族人固有的婚嫁传统，也正在逐渐被打破。许多年轻人走出畲山，将目光投向更广阔的天地，异族通婚只会越来越普遍。随着国家对少数民族发展的日益重视，历史在山哈人心中填埋下的阴影终将远去。

今天，我在网络上看到这样一个观点：民族的归属不是主要由血统决定的，关键在于语言、生活习惯的沿袭，更重要的还是心理上的认同。

我愿意为这个观点投上一张赞成票。

山哈其人

此处所提及的山哈，是属于个体的山哈了。

认识山哈钟一林，始于陈集益老师牵线搭桥。他从 QQ 上敲门，露出一个酷酷的大胡子头像，我惊为荷西再世。碍于素未谋面，彼此一直保持着一份陌生感，相互尊重，就事论事，无事不闲谈。我从来没真正揣测过他的年龄与长相，连百度一下都省略了。以至于初次见面，我在一大桌子陌生的面孔前手足无措，有寻不着一丝庇佑的孤单感。后来他发话替我挡酒，方知道这个目光锐利，脸庞和脑门均发着亮光的中年汉子就是山哈了。

有一些功课，是后来补上的。用一个民族的称谓做自己的笔名，观乎全国，他应属于前无来者。山哈，七十多万人的统一叫法被一人注册，好吧，这口气确乎是挺大。但是七十多万人的畲族，可数的写作者不过二十余人，我们又不难理解他决定以作家的名义担负起这个称谓的良苦用心。此举不啻为举起了一面猎猎招展的民族旗帜，招兵买马的事，就靠他了。从文学成就而论，他当仁不让地属于灵魂和领军人物。果然，景宁一行，能招来的兵马，几乎都被他一网打尽。为了这一次具有里程碑意义的集聚，他曾如何奔走呼号，我们看不到，但能想象得到。

在几天的接触里，山哈一改我想象中严肃正经的形象，逐渐变得率性、立体起来。首先是多才多艺，在众多初涉景宁的客人跟前，他口若悬河地介绍起景宁的人文地理来，挥手所指，这是瓯江，那是炉西峡，江河山川，可谓了如指掌、如数家珍，便是连土生土长的景宁人，也要为之汗颜。其实，他的家乡在杭州，只是在2012年，他的作品被确定为中国作家协会定点深入生活项目，于是将定点地景宁当作了自己的第二故乡。当然，他树起了山哈的大旗，与唯一的畲族自治县结缘，亦可看作是水到渠成之事。

几杯山哈酒下肚，山哈的表演激情很快被炙热燃烧起来。你看他满面红光，体内似有一股勃发之气欲冲出头顶。他和李人海一起，一路情绪高昂，一首接着一首唱起了京剧，《智取威虎山》《红灯记》《沙家浜》等等名段，信口而出。声音之高亢绕梁，感情之丰沛四溢，比之夏日的鸣蝉有过之而无不及。一车人鸦雀无声，仿佛穿越到了"文革"时期，唱着样板戏打靶归来。

晚餐桌上，性起之时，他随手捏了一团黑色的不明黏稠物，粘在下巴上，即兴扮演起了毛主席。腆起肚子，左手叉腰，右手挥过额顶，满嘴的湘潭口音："世界是你们的，也是我们的，但归根结底是你们的。你们青年人朝气蓬勃，正在兴旺时期，好像早晨八九点钟的太阳……"那高大健硕的身材、那开阔铿亮的天庭、那方正饱满的脸形,活脱脱像真人再世,使人震惊不已。忽然,下巴上的黑色不明黏稠物掉落下来,山哈忙不迭地重新粘上,一桌子人捧腹大笑,险些将满肚子的食物喷出。有了山哈的黏合,所有主人、客人,认识的、不认识的,迅速称兄道弟,卸下了一直端着的那份持重。

但是,切莫以为山哈仅仅是个粗犷外向之人。他对一草一木、一石一涧的感悟力,细腻到令女性如我,亦心生嫉妒。在他信手写下的微信上,随意摘下一段,都是云淡风轻、温软深情:"幸福的注脚,在乡间是一座干净的瓦房,瓦房最好是畲家的,有浓浓的乡情浸泡在阿姐手炒的茶香、温软的酒香里……"当众朗读上一段,我承认,我要醉了。

离开那日,所有宾客都先我离去,我以为,山哈应该也走了。我静静地待在宾馆里,看着时间慢慢地流走,忽然电话铃响,是山哈:"下来吧,我陪你吃完午饭,送你上车。"我说:"我以为你早已出发。"他说:"你还没走,我怎能先行离开。"一股热流涌过心房,呵,这个年纪与我爸相距甚远,却强行要当我干爸的人,果真有着亲人一般的体己。

是的,我知道,景宁之行过后,我的生命里必然要安放下更多的亲人,山哈是其中之一。

风把我吹到定海

一

夜色送我潜入定海。清冷的车站，有湿湿的海风吹起。一个人，一副简单的行囊，像一尾孤单而又兴奋的鱼，摆动着轻盈的鳍，闯进了一片陌生的海域。

这是 2017 年的秋天，晚上十点半。除了安静的街道，除了两排轻轻摇晃着叶子的树，我似乎什么也不记得了。一辆滴滴快车载我来到定海昌国路 189 号，这里，有交友远山事先预订好的酒店，供我休憩肉身以及安放灵魂。

像大小不一的棋子，各种形态的岛屿不规则地散布在舟山群岛，定海只是其中的一枚。我在连绵不断的山峰和丘陵间长大，揣想茫茫大海上凸起的岛屿应该是小而精致的，激荡着涛声的。然而没有，一整个晚上，听觉极其敏锐的我，都没有听见海浪拍击着礁石的声音，甚至没有闻到海边惯有的鱼腥味。它干净、内敛、无声无息，于黑夜里给我留足了无尽的想象空间。

由于时间的阴差阳错，我和远山没能见面。她在朱家尖参加一个国际论坛，而我第二天一早，就乘三江到高亭的轮渡，匆匆赶往岱山。

就像一阵风把我吹到了定海，又把我刮走。定海，我还没有摸到它的脉搏，更没能深入它的五脏六腑。

我估摸着，此生再来定海的机会未必还有，而远山长年生活在澳洲，见面的机会更是难得。但冥冥中，我总觉得一定还要留下些什么才对。

船行至海中，我返身去看渐渐朝远处退去的定海，忽然发现一座巨型建筑向我投来飘忽的魅惑的眼神。我揉揉眼睛，看见它仿佛完全漂浮在水里。天空很低很近，翻腾的层云从高空一直铺陈下来，包裹住大楼的后翼，楼的左右两边和前面皆是茫茫水域，看不到与它相连的任何陆地。太阳透过层云射出金色的光芒，倒影漾着波光，以另一个角度横斜在水中，时而轻轻地摇摆着。

我一下子呆住，等到回过神来，赶紧拍下一张照片，发在朋友圈，写道："我看见了海市蜃楼。"

似幻景，偏又是真实。

二

接到第二届三毛散文奖获奖通知的时候，我有一种恍如梦境的感觉。白马打来电话，语速极快，像一股呼啸的海风，携带着我一时不能全懂的浙江方言，掠过我的耳际。我从来不认为有些东西是一定能够握住，且应该属于我的。但这一次，文学的风终究又把我吹到定海来了。

三毛，故乡，定海，那些天，我的脑海中反复交织着这几个词语。关于定海，原只印下一两帧类似于幻影的图像。多么好啊，时隔两年，我将不再做匆忙的一夜过客，可以停留下来，细细地阅读东海边的这座城。

颁奖活动的档期早早地敲定了，4月20日，正是二十年前三毛回到故乡定海的日子。一切，都显得郑重且充满仪式感。微信群也建好了，里面皆是我尊敬和喜欢的师友。在此之前，我婉辞了山西的"梨花节"和某地邀请的一次采风。因时间冲突，也因近些年全国各地文学活动热热闹闹，文学似乎已经成了一盘可以拿来炒的热菜。热闹之余，我们不能不保持冷静和清醒，比如，事件的轻和重。我们需要赶赴的，决不应该仅仅是一场热闹。

在我心里，这个日子，任何事情，都比不过三毛和定海重要。

我来得很早。原本4月18日报到，我4月17日就到了。因4月16日从湖北大冶出来，时间就有了进退两难的意思。无论来去，乘一趟火车差不多都要耗去一个白天。我给白马打电话，问方不方便提前一点儿到？电话那头，他的热情像海浪一般奔涌过来："你来吧，没有问题的，台湾的两个老师也是这天到，你们正好认识一下。"他说到正在忙碌的和三毛有关的那些事情，言语密集，几乎令我透不过气来。我只是在心里暗暗地想，这个未曾谋面的人，有多么充沛的精力呀，对三毛对文学有多么深挚的热爱呀。

这天晚上，我见到了台湾的作家钟文音和蔡怡，以及蔡怡的先生。钟文音噙一腔软糯好听的台湾口音，每说一句话，都像用一根羽毛在你的耳边温柔地刮一下。她赠我著作《舍不得不见你》，正是获得本届三毛散文奖散文集大奖的作品，扉页上题写着一句话："喜相逢定海。"同为钟姓，她的祖上从福建迁往台湾，我的祖上从福建迁往江西，我们的生命里也许包含着某种血缘上的亲近。这样一种缘分的使然，确乎有理由称之为喜。首届三毛散文奖获奖作家蔡怡也赠我著作《忘了我是谁》，她的一生有着三毛一般漂泊辗转的传奇色彩，父辈在一次偶然的机缘下前往台湾，而她为了爱情远赴美国，最后又与先生回到生活便利的台湾定居。

两部书，繁体竖排，捧在手心里，沉甸甸的。幸亏幼时有很长一段阅读繁体竖排的经验，用心读，书就慢慢读薄了。为了照顾患病的母亲，钟文音没有进入一场婚姻，然后，又为母亲写了这么一本书。我忽然觉得，这个看起来柔弱如斯的女子，内心的强大和广阔却是只有大海才足以比拟的。蔡怡同样是一个舍不得抛舍亲情的女子，在晚年失智的父亲和躁郁的母亲膝下，挑起了最沉重的担子，一直陪伴他们到生命的最后。

爱是恒久忍耐，爱是不离不弃。我在文字里被亲情浇灌，忽然想到三毛一生所著文集，亦多半与情有关。那天晚上，我在朋友圈写下："从爱开始，永无结束。"

三

也幸亏来得早，我得以拥有一大把可以独自闲逛的自由光阴。

百度地图定位在新钻石楼大酒店，搜周边景点，手机里弹出定海古城、祖印寺、张家老宅、刘鸿生故居等一大波人文历史景点。从名字可知，这都是有年头的旧去处。一座海滨小城，如此密集地排布着古旧物事，足以印证地域文明的兴起年代久远。

从前，我总觉得岛屿多是海洋烘托而起，形成的历史总不会太过悠久。事实是，自新石器时代，人类就开始在定海繁衍生息了。他们还在马岙镇原始村落遗址上，创造了神秘灿烂的河姆渡文化。可见，人们对不熟悉的事物，往往误会太深。

顺着百度地图的指引，优哉游哉地走在街道上，我没有看见一个行色匆忙的人，没有感受到一丝不安全的迫近，也没有听见嘈杂的市声。想来，这座城的生活应是慢节奏的，安闲而适意的，只是风比内陆城市大，将路边的树叶吹得唰啦啦响，还试图夺走我手中的遮阳伞。好了，我遇到了第一个景点：磐石。一块巨石横卧在城市中央的一块草坪上，除了两个大字，再无文字说明。简洁、直接，甚至有些粗暴霸气的味道。单凭常识，我猜测与它相对应的，正好是定海的风。重与轻、静和动，有形对无形，安置或镇定，其间意味，不言自明。

我偏爱古旧幽深的小巷子，青石板的路，青砖黛瓦的房屋格局，屋角偶尔植一株桂花树。随意走进一座院子，安静得仿佛穿越到遥远的上古。蓬莱张家老宅是如此，王顺成住宅、王克明老宅也是如此。我看见墙上镶嵌的青石碑上，刻着"文物保护点"的字样。那些清代、民国时的建筑，都被完好无损地保护起来，成为城市的一道恒久风景。联想到许多地方曾经或正在拆除的古建筑，即使年代更为久远，主人地位更为显赫，我不禁黯然。显然，舟山对旧物的保护是有态度的。

有时候，还能遇到古井。比如，刘鸿生故居旁边的这一眼矮墙井，筑于清光绪年间。据说，刘家曾经筑井三眼，其中两眼位于院内，这一眼则安置在院外，供居民公用。可以想见，当年围绕着一眼井，曾有过多么热闹的市井生活。但是现在，我探头去看，井沿生着绿苔，井水表面覆盖着厚厚的一层蓝膜，大概已经无人从井中取水了。再后来，我又在祖印寺的大门前，遇见了双眼井。这眼井历史更为悠久，开凿于南宋。想来，它如今也已卸下供水的使命，仅以文物功能存留于世了。一个中年男人坐在井沿，正在对着手机学一首节奏感很强的流行歌曲，他双脚打着拍子，一遍一遍，不厌其烦地唱着。没有人打扰他，甚至没有人觉得这与他身后庄严的祖印寺格格不入。

在古城走着走着，不经意就闯进了非遗文化传承基地。有人在戏台上练习翁州走书，他们没有在意我的到来，仍一板一眼地拉着琴，不断地调试着配合的默契度。偌大的演出厅，只有我一个虔诚的观众。我在铺着红缎子的座椅上安顿下来，坐了很久。对一种完全陌生的曲艺，我知道要懂得它不是一件容易的事情。每一个非遗项目，都携带着独特的地域文化记忆。现在，它们已成为小众的，遗世独立的，需要刻意加以保护和传承的东西。早在去年冬，我就将非遗列入了下一步写作计划。我还将像今天这样，闯入许多个未知当中。

愈加深入古城，便有愈多的门是向我关闭着的。那些将深宅古院与外人隔绝开来的木门，有的已经剥落了油漆。生锈的铁门环，叩不动旧时管家的脚步和主人带着爽朗大笑的迎客声。是的，它们无一例外地紧紧闭锁了自己的秘密，将一种生活与另一种生活，一个时代与另一个时代隔离开来。

是夜，我上传了几张材质各异、形态各异的大门图片，配上一句话："那些叩不开的门，就让它关着好了。"许多人将这句话解读成人与事，想想，也并无不妥之处。

关着也好，关着也是一种态度。

四

这一次，我没有联系远山，想着她远在澳洲，终归是见不上面的，却忽然收到她的微信，原来已经回定海了，不由得惊喜。她说："亲爱的，两年前的今天我们在重庆相识，真是缘分啊。"没想到，她把那个日子记得如此清楚。

随之发来一张我们的合影，高挑的她揽着我的肩膀，在渣滓洞大门前，两个人连微笑都是合拍的，像相识多年。想想当时的情景，不禁莞尔，初识的那个夜晚一下子浮现眼前。在抵达重庆之前，谁也不知道会与谁成为室友。我赶到时已是深夜，推开门，看见一个长头发的背影，原来她还没有休息。言语间，是一口温柔而娇细的南方口音。我不敢轻易喊姐，因为她看上去如此年轻。她坐在床上，一直不停地收拾着什么，好像还有太多需要理顺的物事或者思绪，举手投足都流露着小女人情状。我睡眠不好，听觉尤其敏锐，最怕遇到粗声大气，尤其打呼噜的室友。是夜，两人一同熄灯安寝，她的声息细细的，连翻身也极少，实在甚合我意。

重庆的一位宗兄约好带我去渣滓洞游玩，我邀远山一同前往，她欣然应允，于是又有了愉快的半日之行。此前，我并不知她身在澳洲，只说起共同认识的文友，不经意提到鲁院同学邓洪卫。邓在微信里开玩笑说："你小心啊，她是个海外华人。"我于是细细观察，她果然流露出几分海外风情。

中午，宗兄领我们吃著名的重庆火锅。江西妹子辣不怕，我自然是求之不得。远山不喜辣，于是点了鸳鸯锅。但她还是吃得极少，起初我以为她是一贯的淑女风，矜持含蓄，故并未在意，还拼命劝她多吃。后来才知道，原来她不仅吃不得辣，也见不得麻，出于礼貌，或是为他人考虑，她居然只字未提。此事着实令我羞赧。

定海的夜生活似乎并不热闹，城市早早地安静下来。远山说，我带你出去兜一圈吧。又邀了共同相识的杨献平、唐朝晖和傅菲出来。车子犹犹豫豫地驶出老远，几个人的想法仍不尽相同，有说在城里兜一圈的，有说去海边散步的，有说找个地方坐坐的。最后才统一意见，去茶楼喝茶。

散淡地聊着，不觉已是深夜。回程时，远山特意将车子开到了2017年秋天我经过的那条街上，指给我看。风从副驾驶室的车窗外灌进来，我看见若明若暗的路灯一如当年，树叶还是那样轻轻地摇着，只是，我怎么也定位不了当年的那个酒店和那间屋子了。

定海，是三毛的故乡，也是远山的故乡。出走与回归，似乎是每一位作家终生的事业。这一次，我因三毛而来，再往深里想，如何不是因缘分而来？谁能料到，两年后，在相识的同一个日子里，我与远山会在定海重逢，说许多话，见许多人。如果一定要找个理由，我只能说，是风把我吹到了定海。

回望我们的橄榄树

从来不曾想过,有一天,这个世界上竟有了一棵与自己的名字相关联的橄榄树。

我对那个日子记得无比清楚,2019年4月21日。

浙江,舟山,定海,小沙,三毛祖居,有一丛在意义中生长的橄榄林。那里的每棵橄榄树,都曾经挂着一块上漆的铁牌,牌子上写着我们的名字。

这就是我给橄榄树添加定语的缘故。"我们的"三个字,意味着橄榄树拥有了特定的主体和指向——第二届三毛散文奖获奖作家。是的,因为三毛、因为文学,一棵橄榄树从梦幻走入了现实,与我的生活构成了遥相牵挂的状态。

有很多年,橄榄树在我的生活中一直限于精神层面,因为,我的家乡没有橄榄树,一棵都没有。我知道它,仅仅缘于一首名叫《橄榄树》的歌：

> 不要问我从哪里来
>
> 我的故乡在远方
>
> 为什么流浪
>
> 流浪远方
>
> 流浪
>
> 为了天空飞翔的小鸟
>
> 为了山间清流的小溪
>
> 为了宽阔的草原
>
> 流浪远方
>
> 流浪
>
> 还有，还有
>
> 为了梦中的橄榄树、橄榄树
>
> 不要问我从哪里来
>
> 我的故乡在远方
>
> ……

是三毛的歌词。齐豫的歌声仿佛来自另一个世界，反复、回旋，拥有缥缈的、梦幻般的远方气息。哦，那样的橄榄树，纵然我完全不了解它的形态，它也已经深深地攫住了我。

少女时期，最爱读三毛、读她的万水千山、读她的洒脱和流浪、读她的爱情和烟火。读着读着，那个人的灵魂就像附体于一棵橄榄树，是那种遥远的、不可企及的味道。那生活、那追寻、那超然，对一个刚刚进入青春期，对未知世界充满幻想的女孩，拥有致命的诱惑。

该去哪里找一棵橄榄树呢？有一回，我甚至离它已经很近很近了。我去了福建省闽侯县，据说，那里的山坡上种了许多橄榄树，每到果子成熟期，当地的孩子仅靠在树下拣橄榄就可以成为一个小富翁。然而我还是没能够爬上山去，连匆匆一瞥的机会也没有。是我亲近它的意志不够坚定吗，还是刻意与它保持一定的距离？现在完全回忆不起来了。

某年，先生出差，倒是揣回来一颗刚刚成熟的橄榄果，碧绿、椭圆、坚硬，与我们平时吃到的已经成为蜜饯的橄榄，仿佛不是同一种东西。我摩挲着那颗果子，久久不愿意放手，好像他给我带回了一个远方。后来，我将它存放在冰箱里，一直不舍得扔掉，直到它通体皱缩，终于变成了一枚甘草橄榄的样子。

现在，我要去看望我们去年种下的橄榄树了。这是我人生中第二次靠近真正的橄榄树，竟听到胸膛里有咚咚的声音。如果没有猜错的话，我应该是当时一起种下橄榄树的外地作家中的第一个回望者。

一切的机缘巧合，似乎都是为这次回望而设定的。11月6

日，我去岱山，经宁波，乘轮渡。不承想刚刚从码头出来，探头就看到了定海的地标。作为一个地理感很差的人，我事先并非确知会途经此地。然后我就开始不淡定了，返程时要不要去走这一遭，我摇摆了许久。在考量和遗憾中，11月9日从岱山到宁波的大巴车票订好了。但就在出票后半小时，我接到了宁波诗人关岛的电话。他说是自驾来的，可以载我同返，并嘱我赶紧退票。

那天上午的阳光明媚得像是假的。在一路轻松的闲聊中，车子驶入了定海境内。我情不自禁地说起了三毛祖居，还有我们种下的橄榄树，关岛说："我大概知道方位，我们正好要从那儿经过，带你回去看看。"因为担心错过地点，他立即打开了导航。

车子在小沙镇的一个路口停下来，陈家路的路牌赫然在目。是了，三毛的祖父陈宗绪在此建屋居住，想必宗族陈姓也在近旁世代繁衍。目标一米一米地逼近，多么熟悉的场景，天蓝得像洗过一样，顺着干净的马路往前行，一幢连一幢矮矮的平房刷得洁白。如今这四周如此寂静，连一个路人都不曾遇见。而去年春天，我们是几十号人说说笑笑走过来的，人群中挤满了欢喜和热闹。

仿佛是拐了个弯，镌着"三毛祖居"的门楼突兀地呈现在眼前。我想在门楼前留个影，阳光从斜后方插过来，将图像中我的身影照得模糊。难道我真是走在了梦中?鹅卵石路铺在脚下,指引着我。我有一些恍惚,好像亦步亦趋地钻进某一个熟悉又遥远的梦境里。我一边走,一边拍下照片,发到第二届三毛散文奖的微信群里。这时候,白马正赶往岱山开会,忙不迭地发微信说联系陈锟与我见。我婉谢过,因为要赶下午的动车回家,并没有多长时间可供停留。

三毛祖居的大门紧闭,凑近一看,原来正逢管理员休息日。没有什么比吃闭门羹更让一个回望者沮丧的了。幸而里边的一切尚且历历在目,我忆起去年在老屋看到的关于三毛的诸多陈列和返乡的痕迹。在一个视频里,回到故乡的三毛扑跪在祖父的坟地前,叫了一声"阿爷",眼泪立即潸然而下。我是一个见不得眼泪的人,别人哭,我必也哭。只因当时在人群中,竭力抑制着,背过身悄悄地擦去泪痕。

行至三毛祖居的对面,见我们的橄榄林已经褪去了初植时的生涩,在这片土地上居住得怡然自如。拍下的第一张橄榄树照片,毫不犹豫地发往微信群,说:"我们的橄榄树长得很好。"看到橄榄树,多数时候处于安静状态的微信群一时又热闹起来,冯秋子、张加强、胡烟、柴薪、聂小雨、秦羽墨,都冒泡出来:"浇水去啦,赞!""谢谢看护照顾橄榄小树林。"谢宝光关心那块写有每个人名字的牌子还在不在。台风季,为了减轻橄榄树的负荷,或防止铁牌伤着树,它们被摘下来另外保管。我想,他们应该和我一样，从种下橄榄树的那一刻起，就开始了和这片橄榄林的遥相牵挂。

听说，这片橄榄林已交由小沙管理。这一年多来，亏得白马时不时地通告橄榄树的长势。这天，他贴出的是一张橄榄树挂果的图片，那小鹅蛋形的青涩小果子，怎么看都是喜人。时间真是令人惊奇啊，短短一年的光阴，我们种下的小小橄榄树已经做了母亲。

没有人会轻易忘记，去年春天，有那么一个热火朝天的种树时辰。傅菲、黑陶、钟文音、蔡怡、杨献平、唐朝晖、冯杰、艾云、向迅、黄灯、耿立、沈念、张巧慧、王族、阿微木依萝、周华诚……每个人都站在自己的那棵橄榄树前，挥锹、填土、扶正、浇水，像呵护自己的一个孩子，或面对另一个自己，那样小心翼翼，又那样心潮澎湃。

那是我第一次亲眼见到一棵橄榄树，不高的树苗，却有繁茂的枝叶。它坚硬的质地、细而长的叶片，竟类似于赣南山区常见的某一种叫不出名字的灌木。橄榄树终究像追寻过无数次的天边的月亮，降落到了眼前，如此真切，如此可触可闻可亲。而这时候，我已经不是一个满心装着不切实现幻想的少女了。最重要的是，我从一个单纯的阅读者变成了终身与文字为伍的写作者。时空移易，身份转变，无不令我感慨唏嘘。而这片土地上的人，譬如白马，譬如陈锟，正在倾其心力，将三毛散文奖打造成一个愈发具有影响力的文学品牌。

白马说:"定海——三毛——橄榄林:心灵上的文学故乡。"诚哉斯言。

从鲁院的园子里经过

一

它们已经黑透了,黑得发亮。我是说鲁院园子里的桑葚。自然,它们也甜透了,甜得散发出黏腻的气息大肆招摇,诱惑着你。

我无数次抑制住爬树的冲动,像儿时那样,做一只小猴子,哧溜就攀上去了,这样的身手我还不至于完全丢了。唉,现在我是一个大人了,何况还穿着裙子,还是在这样一个庄严神圣的地方。我只能时常悄悄地走进园子里,仰头望着这两棵堪称巨大的桑树,望着累累叠叠挂在枝头的果实。熟透了,饱胀了,它们在树上再也待不住了,"扑通"栽下地来。它们时常落在我身上,落在我脚边,轻盈一些的,"咚"一声,还美美地完整地躺在地上；重一点的，"啪"摔个粉身碎骨，暗紫色的汁水就流出来了。掉得多了，渐渐洇开来，就把石头小径染成了紫黑色。

此前的很多年，我都不知道桑葚是什么味道的。但是此后的许多年，我都不会忘记它的味道了，因为实在太甜，实在太好吃，实在没有办法抗拒它的诱惑。桑葚是从地上捡的，在铺了一地的果实中，拣那新鲜的、完整的、黑得发亮的、饱满多汁的洗了，入嘴即化，简直说不出的甘美。晶莹的甜美的果汁怀着黑色的野心，把舌头染成黑的，把牙齿染成黑的，把嘴唇染成黑的，把手指也染成黑的。我由着它们放肆撒野，因为我的心被洇成了甜的。

晚饭后的休闲时光，天还没有黑下来，许多同学就围拢在桑树底下，各自拎了塑料袋或塑料碗，占一块地盘，蹲了下来，像孩提时捡豆子一样虔诚地捡桑葚。男生女生都有，说着笑话，编排着桑葚的N种吃法。碗里的桑葚渐渐隆起。初夏的风吹在身上，只觉得世间美好莫过如此。有时候，解放军王昆会爬上树，使劲地摇。桑葚于是扑簌簌地落下来，这儿掉下一坨，那儿跌落一颗，引发阵阵尖叫与哄抢。同样是解放军，朱旻鸢显然懒得多了，兀自拈着手串，腆着肚子在指手画脚、插科打诨，只等着谁的桑葚洗好了可以去蹭吃。

最幸福的当数园子里的小鸟和蚂蚁。果实太多，它们已经懒得搬运了，日日饕餮，饱餐过后只管嬉游，想吃了身边随时都是，也不用争抢。只是我知道，这样的时日终究不会太长久。

更多的时候，我是一个人走进这个园子的。一个人享受正午的轻风，享受经由树荫漏下来的那一二缕阳光，还有，享受桑葚。我把它们一个一个轻轻地捡拾起来，黏腻的汁液便顽强地附着在我的指尖，渗进指甲缝里。忽然想起小时候，拿树菠菜的籽儿染指甲，十个指头全都变成紫黑色的，伸出来像魔鬼的手，却臭美得很，傻乎乎地跑去问大人、问小伙伴："好看吗？"

我遇到的人不多，比如今天，是一对外来的老夫妻。妻子讨好地主动搭讪："多好的桑葚啊，这边好多呢。"我朝他们笑，她于是切入正题："你知道哪里有卫生间吗？"然后，她撇下老先生走了，只留下那个背着相机的老先生，踩着桑葚踱过来踱过去。现代文学馆的每一堂讲座，提前来占座位的，大部分是这些华发老人。他们热衷于听讲，热衷于做笔记，还热衷于买讲座者的书请他们签名。在我的家乡，何曾见到过这样的晚年时光？

我不知道，过了这四个月，在往后的岁月里，是否还会有心情去捡一堆桑葚，是否还会拥有一段这样身心松弛的时光。这些桑葚很快就要落尽，捡桑葚的时光，也将很快成为过往。

许多年以来，我们按部就班，为身边的所有人活着，活得那么累、那么苦。唯有现在，我们把重重的包袱卸下了，真正为自己为文学而活。四个月,多么像生命里一次意外的旅程,多么像一场美丽的梦境。

一颗桑葚落在我的脚边,汁液四溅,我听到碎裂的声音。

最是光阴留不住,"朱颜辞镜花辞树"。

二

我在午餐时要了一个馒头,食堂里打饭的师傅瞧了瞧我的个子,特意少铲了一点儿饭。浪费不是一种美德,我们都心照不宣。只是他一定不会知道,我要这个馒头是为了喂鱼。饭后,徐俊国与我前后脚进了电梯,听说喂鱼,也兴致勃勃地一起出了院门。

天气正好,也无晴来也无雨,只有一缕一缕的风透过柳条儿拂过来。池塘里,睡莲已经露头,几片嫩叶子躺在水面上,在波光里柔柔弱弱地摇。锦鲤围在睡莲边上转啊转啊,似乎永远也不知道疲倦。徐俊国大声招呼着鱼儿:"快来了快来了,有吃的了。"我真担心把它们吓跑,没想到鱼儿却探头探脑的,似乎知道有好事将至。

我们在池塘边的石头上坐下来,将馒头撕成一粒一粒的小碎屑,撒在水面上。锦鲤精得很,迅速游了过来,围成一圈,争相啄食。究竟是鱼儿用语言传递了信号,还是水花的涟漪惊动了对面的鱼群？很快，远处的鱼儿成群结队、摇头摆尾地朝着我们逶迤而来，在水面上极有韵律地游动着。它们东边划一个弧线，西边划一个弧线，就构成一个大大的动感圆括号了。此时，我手握馒头，居高临下，真颇有些傲视群雄、指点江山的豪迈之感。

喂不多时，徐庶也来，抢了一块馒头去。他把馒头连手一起放进水里，大多数鱼都不敢接近，却总还有一两条二愣子，大着胆子过来啃食。这些长年与人类嬉戏的观赏鱼类，似乎已经没有了很多的恐惧，直接把人当成了衣食父母。

瑞金诗人布衣曾经和我说，徐俊国一定像个孩子，才能写出那么好的诗来。现在，我果然一一见识了他的孩子气。我说："你瞧，它们鱼贯而来。"他说："讲人用鱼，对鱼而言，应该是人贯而来。"然后，他用极浓的山东方言对着鱼嘟嘟囔囔："你们这些家伙，给你们吃，连句谢谢都不会说，就知道张着嘴巴要要要。"忽然，他指着一条黄色缀满黑色圆点花的锦鲤说："你看，那条就是陈夏雨。"我抬眼一望，天哪，胖胖的，穿得花里胡哨的，极欢实地摆着尾巴，简直神似，越看越像。

我想起前些时我们去蜂巢剧场看话剧。大家在剧场门口拍照，我过去拍时，摆了许久的造型，帮我拍的人就是不按快门。然后，我发现他们都看着我笑，心想不会是我的拉链没拉好吧？一回头，徐俊国煞有介事地站在我身后，鼓着眼睛，与我错着身子，摆的造型比我还夸张，活脱脱一个恶作剧的路人甲。

每一个孩子都是天生的诗人，每一个诗人也应该做终生的孩子。

给每一条鱼取一个名字，多么像一首诗里的某一个句子。我们找到了罗张琴，她穿着白色衣服，缀着金黄间鲜红的花纹，游得又快又欢；我们找到了陆辉艳，她浑身只有一种颜色，小小的，安静地跟在大鱼身后走。那条最健壮游动最有力的是邱华栋院长；那条白白的优雅的大鱼是王璇院长；那条纯白的文静的鱼是张俊平老师；那条一身纯黑又不合群的一定是曹寇；又长又扁的是朱旻鸢，总也不肯游过来，不知跑哪去了；大着肚子又长又壮的是小二；最爱猛地窜来窜去好像很有力气的是王昆……

海嫫从池塘边经过，说要去买泡面吃，被我们叫住。她穿着黑色滚金边的裙子，我们马上找到一条黑色缀金的小巧玲珑的鱼儿，将她命名为海嫫。海嫫高兴拍手，说我还以为里面没有我呢，还好也有我。

想象是一件多么奇妙的事，你看它像，它就像了；你说它是，它就是了。我忽然明白，为什么每天傍晚，总有一些同学爱坐在池塘边，或闲聊，或抽烟，或喂食，让时间在与鱼的对视中悠闲度过。他们说鱼在约会，鱼就会约会给他们看；他们说鱼在说话，鱼就会说话给他们听。

三

几个小小的喜悦，揣在怀里，像一壶红茶，温温地熨帖着内心，不好与人言说，也无从说起。这一天把自己关在413房里，读书、写字，甚至，误了饭点。寻常居家时，我若活得糊涂，父亲的电话就会打过来。

我常常暗自思忖，这些年总是遇见好人，一个，两个，三个……不期然地在某个时段里相遇，不期然地将好运带到我身边。就像少年时在山中迷路，总会有一个好心人从天而降，帮我斫好柴，带至熟悉的路口。

在人际关系上，我一向木讷。所以，我的朋友不会有很多，但真成了朋友，便会放在生命中，一辈子。我信缘分，也信真诚。

趁着取快递的空当，下楼走走。鲁院的物业，是我所见过最专业最周全的。他们上班时总是鹤一般立在高台子里面，目光敏锐地瞄着过往行人。我诧异于他们识别非学员的能力，一个陌生人随我一同钻进旋转门，物业马上朝他招手，让登记去了。就像这快递，每一天、每一个，时间、地点、姓名、手机号，都在一个厚厚的本子里一栏一栏记得清楚明白。每签一回字，我望着那些密密麻麻的格子里填满的汉字，心中都要腾起某种敬意来。

三月，正是鲁院花事繁盛的佳期。白玉兰最是恣肆，枝干上寻不见一片叶子，只是满头满身地白，满院满庭地香。花瓣儿使劲地咧着嘴，只是朝着你笑，不出声地笑。迎春被修成了一团一团的球状，花儿旺盛地开起来，便成了一个金黄的大圆球，没有叶、没有绿，只有耀眼的金黄，真让人疑心太阳落到脚边来了。院里的梅花正是含羞待放状，花蕾密集，幽香暗放。奇异的是，鲁迅先生雕像旁的那几枝梅，却抢先开得灿烂，花团锦簇，把先生横眉冷对的脸庞也衬出了几分喜气。

大师的铜像分布在花园的各处。我首先遇见邹韬奋，他戴眼镜，着长衫，系领带，左手叉腰，右手握书，一副闲庭信步的样子。他的左右脚前后错着半步，时光仿佛定格在他行走的那一刻。我走过去想和他比一比身高，他会不会拍一拍我的肩膀，笑着说，同学，你还差得远呢？然后我遇见朱自清，他端坐在池塘边上，望着几株柳树出神。柳条低垂，被风拂动，"盼望着，盼望着，春天来了……"多少年过去，先生笔下的春景种植进了鲁院，还像当年一样摇曳在他身边。

数只喜鹊落在池塘边上，咔咔咔地叫，不大怕人，兀自神态自若地走着、飞着、嬉闹着。每天早上，我都要被它们的叫声喊醒，咔咔咔，咔咔咔，好像一台机器开始了运转。在我的窗外，玉兰树成排站着，树上的鹊巢一个比一个大。鲁院的喜鹊，无疑是幸福的。

打球的同学一个人把篮球拍得嘭嘭响，声音回荡在鲁院的上空，孤单而又凄清。又遇见三两个同学，每一个都踽踽独行，行色匆匆。我们互相招呼一声，便各走各的路。一个同学在池塘对面举起了相机，说："看过来。"我不知道，在离着十多米的镜头下，我的身影是否一样寂寞冷清。

约了同学打乒乓球，水平的巨大差异，总让彼此少了许多乐趣。一个没有对手的人是孤独的，一个用尽全力也攀不上对方的高度的人，也是孤独的。

晚上，从负一楼回到房间，门咔吱的一声，推开，看见窗外点点灯火，从远处的楼房透过来。每一盏灯的后面，想来都有散不去的人间烟火。我许久没有开灯，静坐着，忽然想家，忽然想哭。后来，听罗张琴说起一个人外出的经历，站在公交站台上，看着人来人往，不知此刻何去何从，那个时候，就好像被全世界抛弃了。

"无言独上西楼，月如钩。寂寞梧桐深院锁清秋。"是深刻的孤独。说到底，我们都是孤独的人。

四

勾起我行走欲望的，是那一地的梅子。

午饭后，几个男生跑去梅园里合影，发到班级群里。我看到他们的身后，是一树一树的黄梅，浓绿的青草地上，铺了一层圆滚滚的黄梅子。他们在群里大肆地渲染着离别的气氛："要毕业了，今天就要毕业了。"梅子都坠地了，我们还能在此处留多少时日呢？一时间竟有一些感伤，竟哀叹起一枚梅子的命运来。忽然发现自己已经有好些时日没有去园子里走走了。

黄昏的时候，最后一抹夕阳自窗外照进我的413号房。一个人听歌，吃下半斤杨梅，还有一串樱桃，晚餐便如此对付了。时间静得像要就此凝固，孤独的感觉泛上来，我竟然找不到一个可以一同散步或一同打球的人。三个月，足以让一些圈子形成，也足以让你相信有些人将永远是陌生的。自从西藏的索穷同学提前离校，我再也没有打过乒乓球。我学会了稳重，不再天真地喊这个喊那个。因为有人告诉我，如果你没有做好某种准备，就不要浪费别人的时间。

对友谊，我们常常还来不及握住就只能选择放弃。反言之，放弃也是另一种选择。

于是，就一个人走。

空气有些闷热，一只白色的野猫在小径上慵懒地来回走动，它对我这样的人已经没有了警觉。长期安全可靠、食物充足、无忧无虑的生活，使一只野猫失去了捉拿耗子和警惕生人等等本性。恍然惊觉，这四个月的生活于我，又如何不像这一只猫？抛下了需要操心的种种内忧外患，我在水土渐服的北京似乎有了长胖的迹象。昨日的那件旗袍，让我一直不敢相信的一件事浮出水面。自然，于我而言胖点是好的，但我怎么能像一只拒绝思考的猫那样活着呢？

很快就发现，一个人走似乎更贴近内心的情绪，也似乎更具有某种仪式感。

你看东门的那个保安，已经可以将滑板玩得流畅自如了。三月份我们开学的时候，他刚刚开始学习驾驭这块滑板，双脚笨拙地站在滑板上，身体僵硬，一动也不敢动。此后的每天傍晚，他都在不屈不挠地试图征服这块滑板。没有人教他技巧，没有人陪他玩，也没有人为他喝彩，但他终究是学成了，一个人，孤独的。现在，我真想为他喝一回彩。我曾经看到微信上的一条消息，说鲁院的保安会写诗，而且坚持多年。他是谁，我没有找出来。但是眼前这个学滑板的保安，又如何不像一个固执的诗人呢？

打开手机音乐，是张靓颖的《如果没有如果》，唱的是爱情，而我却更愿意把它当成一种生命的禅悟。这些年，那么多如果都与我擦肩而过，唯独上鲁院学习这件事，像一场原本没有如果的戏，却又真实上演了。我常常觉得自己像在做梦，踩着云朵悠悠忽忽地游荡在一个特殊的场域里。银杏树上结满了白果，一串一串玲珑地藏在叶间，从初始的米粒大到现在的拇指粗，它们见证着时间的流逝，也即将见证一群侨客的离去。

这一个黄昏，我路过了睡莲池，那里游荡着我喂养过的锦鲤，其中一条，还与我同名。我路过了旗台，一个保安正在将三面旗帜降下来。他说，晨升暮降，这个仪式每一天都是这样规规矩矩地完成，即使没有一个观众。我路过了玉兰树，那些四月里开出的美丽的花，如今已结出了形态异样的果实，像膨胀的肌瘤、像扭曲的麻花，既不能吃，也不好看，连鸟雀也懒得待见它们。美与丑如此辩证地集合在一种事物的体内，多么像人世，像那些一眼望不穿的心。

我还路过了三两只扑腾展翅的大鸟，它们在草地上徜徉良久，却被我的脚步惊飞。那几株被截了顶盖，刚刚长出新叶的白杨，断不会是它们栖息的家。但是，它们停歇在此处，就像我行走在此处，都是短暂，都是过客。

是啊，是时候了，是应该和它们一一告别了。东面的青梨，还没有成熟；西面的长椅，接住了落叶；南面的拴马桩，站成千年的姿势。然而没有什么是可以被拴住的，时间、马匹、一只猫、一段短暂的美好，还有一树纷纷落地的梅……

一念思溪

小桥、流水、老宅,是婺源古村落最具特色又耐人寻味的风景。

甫入思溪村口,便是一座高高的观景台,整座村庄尽收眼底。一条清澈的小溪环抱着村庄,也滋养着村庄里的人丁六畜,还有四季不绝的庄稼蔬果。这条小河,便是思溪了。相传,小河原名泗水,这很容易让人联想到死水,而村庄始建者姓俞,同鱼谐音,鱼在死水中自是不能成活。为吉利起见,人们将小河改名思溪,意为鱼(俞)思念着汨汨清溪。

一念之间,成就了今天的思溪古村。

深入思溪村,先要经过一座古老的木拱廊桥,桥名通济,始建于明代景泰年间。青的地砖、木的檐廊,散发着久远的气息。有风从桥洞中穿过,消弭了午后的炎热。三五个老人并排坐在长木凳上，一边纳凉，一边闲话着家常，也有幼童追逐嬉乐，妇女恬静做着针线活。人员聚集处，难免是东家长西家短，人们将这里当成全村的交流中心、新闻发布中心，也便自然而然了。

有趣的是，其中一排男女，全都手攀护栏，背对行人，面向悠悠的青山、碧绿的思溪，仿佛有无限的心思欲和水中的游鱼倾吐。我不禁顺着他们的目光望去，只见溪水倒映着蓝天、白云、绿树和屋宅，像是水中另有一个更神秘缥缈的世界存在。探头再望，发现河中央一座桥墩形态特别，西端迎水面被砌成了半截船形。据说，这属于桥梁建筑设计中极巧妙的一种，叫燕嘴，有利于分流河水，减少水流对桥墩的冲击力。

八百多年的古老村庄，繁衍着一代一代的人，也发生着这样那样的故事。悠长的光阴里，承载人间平淡抑或跌宕之故事的，自然是那些老宅了。

走在窄窄的小巷里，踩着颜色深浅不一的青石板，抚摸着斑驳的老墙，就像穿越一条时光隧道。沿着这条深深的隧道回溯到清嘉庆十七年，那时候，一个姓俞的木材生意人发财致富，回到生养自己的村庄里，建造了一座名叫振源堂的大宅。《歙县志》中说到徽商："商人致富后，即回家修祠堂，建园第，重楼宏丽。"俗话亦云："富贵不还乡，如锦衣夜行。"不管走得多远，徽商"根"的概念根深蒂固，对修建家乡的宅子，总是尽十二分心力。

单看振源堂的砖雕、石雕、木雕之讲究，便可见一斑。听导游说，徽州三雕是徽派建筑的精髓所在。这三种雕刻艺术品造价很高，一般人是装饰不起的。从外观看一座房子，单看门楼上有没有砖雕，便可判断是否为大户人家。

振源堂的垂花柱式门枋上，便有许多精美的砖雕。门罩两脊雕的是用以禳解火灾的鳌鱼，飞檐下坐斗雕的是蝴蝶和蝙蝠，下面还有麒麟、鲤鱼等。它们镶嵌在水磨青砖的花边图案框内，装饰着房屋的大门，使之平添一种庄严繁复之美。不用介绍，我也知道，这些被雕琢之物，无不借用谐音，含蓄地表达了主人的美好愿望：蝴蝶寓意长寿、蝙蝠寓意福禄、麒麟隐喻送子、鲤鱼象征富贵有余……

从屋外行至屋内，石雕和木雕同样极尽精工巧匠之意。这些雕艺作品恰到好处地镶嵌在门柱、窗户等处，自然不是为了增加居住的舒适度，而是讲究艺术审美，或彰显主人的经济实力和社会地位。就在这幢屋子里，清咸丰年间走出了一位名叫俞士英的通奉大夫，民国初又走出了两名留洋学生，其中一个叫俞希稷的，还出任过中央银行行长。

一位俞氏后人端坐在厅堂中央，案几上摆着一些售卖的徽菊。因为村庄开发旅游，他需要敞开大门，接受游客的滋扰，也从中获得微薄的报酬。而他神情庄肃，并不叫卖，也不与游人搭讪。也许，守着这幢到处都是宝物的老宅，是一种荣耀，也是一份命中注定的责任。

从振源堂出来，看见居所墙角的护墙石，自两米高以下九十度的直角被悉数磨去。一幢一幢的宅子看过去，所有的护墙石竟全都钝了尖锐之角。原来，这是思溪历代村民为邻里和睦而互相谦让的见证。正所谓，礼让三分，心平气和。

在思溪村，这样的老宅还有很多，每一座大屋都有一个意味深长的名字，譬如思本堂、继志堂、承德堂……文字的内里，含有修建房屋的主人对良好家风的期望。婺源曾为安徽省辖区，徽商辈出，古村落内皆是典型的徽派建筑，仰头可见马头山墙、青瓦坡顶；大门是石门枋，门罩翘角飞檐；屋内多为一至三层穿斗式木构架，厅堂有天井院落，整体结构方方正正。每一座宅子又都各不相同，从堂号到装饰花样的选择，每一处设计皆彰显着主人的用心。

最令人叹为观止的，是一座建于清代嘉庆年间的百寿花厅。相传，这是一位孝子专为庆祝母亲百岁大寿所建。我想，这样的一幢大宅，在全国应该是独一无二的了。除了经济实力、建筑审美，更打动人的是儿子的孝心。

导游带着我们一个一个数寿字。站在百寿花厅的大门前，可见十扇隔门的锁腰板上雕刻有百寿图，每扇门上都刻着两排寿字。奇的是，没有一个寿字是一模一样的，楷书、行书、隶书、篆书……每个字皆集书法之美与篆刻之美于一身。在正门中央，我们一共数出九十六个寿字。还有三个寿字藏得很深，导游带着我们才找到。最有意思的是老母亲住过的房间窗户上，有两个拉得很长的寿字，据说，这寓意着长寿，不得不让人叹服此间的匠心独运。九十九个形态各异的寿字，立体集中地呈现在一幢房子里，将徽派木雕工艺之精湛发挥到了极致。

只是，最后的一个寿字，是没有确切答案的谜。导游解释说，这个寿字嵌在房屋宅基线中，从空中俯瞰整幢大宅，便是一个寿字形状。然而同行的摄影师用无人机拍下照片，却并不能看见一个完整的寿字。难道是几百年过去，大宅的结构发生了变化？又有人提出，第一百个寿字原本就不存在，当孝子的母亲住进这座房屋的时候，这位寿星就成了那第一百个寿字。孝子正是以此寓意，祝福母亲寿比南山。若果真如此，这份心意可堪绝妙。古人的智慧，留给我们太多的想象空间。

一份孝子之念，成就了千古佳话。我想，此后的许多年，仍会有南来北往的游客一茬茬地出入百寿花厅，像我一样，情不自禁地抚摸那一个个精美的寿字，感叹世间亲情如此之厚重。

思溪村有一座名叫敬序堂的老宅，其花厅曾作为电视连续剧《聊斋》的拍摄取景地。据《俞氏宗谱》记载，思溪村有位清代举人俞文杰，曾为淄川蒲松龄的《聊斋志异》写过两篇跋文。一种冥冥中的巧合，将跨越几百年几千里的时空如此奇妙地连接在了一起。

徜徉其间，一一观赏花厅构件中的精美雕刻，有戏剧人物，有山水鸟兽，无不形态逼真，不禁感慨古人的考究，还有对精致生活的极高追求。可以想象，主人在此呼朋唤友，或品茶对弈，或吟诗作画，岂不快哉？在小花园墙壁上，有一个葫芦形的"敬惜字纸"龛，原来是专门用于焚烧练习书画时的废纸，大约相当于今天的碎纸机吧。如今，偌大的房子已经空了下来，走进一个个光线暗淡的房间，只觉氤氲着一股说不出的神秘之气。不禁暗想，如果一个人在此居住下来，会不会如蒲松龄一般，幻想出许多精灵古怪，再写一部新《聊斋》呢？

顺着横的竖的青石小巷，穿行在这些古老的建筑物之间，总有一种难以言说的沧桑感萦绕心头。有好几幢老宅显然没有主人经常打理，马头墙上爬满了厚厚的青藤，有些藤蔓垂挂下来，竟使人有遮天蔽日之感。大门紧闭，无法探究内里的情形，偶尔从窗户或断墙面窥探进去，见院落中的情景，又是一番唏嘘感慨。从南宋庆元五年俞氏在此建村，八百多年的兴衰沉浮，总有一些家族人丁越来越单薄，总有一些后人举家迁徙他处，只有古村还坐落在这里，诉说着光阴的故事。

阳光逐渐西斜，从古村出来，脑子里装满了远古的人和事、思绪与想象。那些出资建造屋宇的人，那些在砖石和木头上雕刻纹饰的人，还有那个被孝子万般敬重的寿星……他们会长着怎样一副面孔，会在这里留下怎样的声气和步履，思溪还记得吧，那村后的青山还记得吧？

经一座颤悠悠的小木桥穿过思溪，几块彩色的稻田、一根硕大的丝瓜将我拉回了现实。站在高处回头再看整座古村，白云下还是参差着青青的瓦面。一念之间，我仿佛刚从远古时代抽身而回，站在了思溪的门外。

炊烟升起在营盘寨

一杯酒,拦住了我进入营盘寨的去路。端酒的,是笑靥如花的苗家女子。她们站成一排,一律是尖顶碎花的竹笠,大花绲边的衣裙,黑色绒面的布鞋,唱着清脆嘹亮的歌。抬头看,石砌的寨门方正端肃、高大威严,颇有一夫当关,万夫莫开的气势。不过今天,我是客人,而非攻城拔寨的入侵者,只需对上拦路歌、喝下拦门酒,便拥有了进入寨子的门票。几面急急的锣鼓,催促我报之以歌:"唱得好来唱得乖,唱得桃花朵朵开。桃花十朵开九朵,还有一朵等你来采,哟喂——"我的歌声将那堵温柔的人墙撞破,然后端起那只黑陶的宽碗,将碗中清澈甘醇的米酒一饮而尽。

从远处看,整个营盘寨就是一座坚固的城堡,静卧在凤凰县都里乡拉毫村的山冈上。一幢幢石头屋子依序从山脚往山顶延伸，寨子的外围被蜿蜒的南方长城环抱。山下，是一片连着一片的密密田畴，溪流温顺地穿行其间。这是大地上生命最为繁盛的夏天，庄稼正放肆生长，野花没羞没臊地开着。我行走在田间的青石路上，总遇见着苗族服饰的老人和小孩拐着篮子采野花。他们手巧，三下两下就编织出一个漂亮的花环。我不禁心动，立即买来一个戴在头顶，瞬间觉得整个人都沾染了天地的芬芳。

营盘寨占地约五千平方米，依着山势缓缓地向上攀爬。沿着石板垫的营盘大道慢悠悠地往村寨的深处走，但见无论道路还是房屋，无论城楼还是门洞，几乎没有一处不是石头筑垒而成。石头筑的屋、石头垒的院墙、石头砌的猪牛圈、石板搭的桌凳，有的房子，连屋顶都是大石片盖的。加上村子边上石板修筑的城墙，整座寨子，俨然就是一个石头的世界，难怪人们又叫它石板寨或石头寨。阳光照射在层层堆叠的石头上，形成斑驳的光影，充满了立体的质感。

在这里，现代建筑理论竟相形见绌。石头与石头之间，不需要水泥或砂浆的黏合，只是一层一层地往上垒砌，赶盘压缝，中间的空隙用小石片填充，每座建筑物却能保存上百年不坏，还兼具防火功能。人们常用坚如磐石来形容建筑的坚固耐用，大概营盘寨便是最有说服力的一个例证了。湘西苗族的村寨自有其鲜明的建筑特色，但随着时间流逝，完整遗存下来的愈发稀少，从这个意义上说，拉毫营盘寨已成为苗族建筑的活化石。2006年，营盘寨被确立为全国重点文物保护单位。如此，我们再也不用担心它走向消亡了。

住在石头寨里的，多是苗家人。油绿的树从青幽幽的石头院墙探出头来，金黄的丝瓜花开在陡峭的石壁上，细细的青苔和野草附着在石缝里。老妇在树底下织着手工。年轻的母亲从屋里搬出货物，背篓里还睡着孩子。簸箩上摆着手工烟卷、晒干的辣椒、腌制的蜜饯，还有新采的甜玉米秆。她们不吆喝，东西也不贵，只是随喜随缘地摆着。一条通身雪白的狗蹲坐在石板路上，前脚按在下两级的石阶上，粉红的鼻子，尖而细的耳朵，像极了温顺的大山羊。我希望和它亲近，又担心它排斥生人。这时，一位苗族的老妈妈一边打手势，一边笑吟吟地对我说着苗语。从她的眼神里，我读到了鼓励和慰藉。想来，这条狗是安全的。我坐过去，与它对视良久，仿佛光阴中的惬意，尽在这闲散的阳光和安适的休憩中。

一路上，我遇见了古老的千子树和皂角树，还遇到土地庙和保家楼，东门、南门、西门、北门的四口老井，幽深地映照着现世的安宁与祥和。这静谧的时光，悠闲自在的行人和家畜，怎么能让人联想到，这里曾经是战争频仍的军营，在纷乱的你争我夺中伤痕累累。翻开历史的扉页，位于湘黔苗汉边界的拉毫村，自古便是重兵把守之地。明嘉靖年间，营盘寨始建，至清嘉庆年间，形成了现在看到的规模。特殊的地理位置，给当地居民带来了独特的民俗风情和胸怀眼界，也带来了世世代代的兵燹之灾。

作为一座兵营，营盘寨是明清时期苗疆边塞的军事要地。如今再看那古城墙遗址和总兵衙署遗址，恍惚间仍能感觉到几百年前的严阵以待。那岗哨位、那瞭望口、那厚重的石墙，曾经收紧了多少兵士和亲人的心跳。顶着日光，我登上了南长城，深蓝的天空下，山林青翠，林间是一条蜿蜒的长龙，不知疲倦地爬向远方。我不知道它将终结于何处，只知道如果眼力好，往东边望去，可以看见凤凰古城；如果脚力好，一直往前走，就进入了贵州境内。而这一座南长城，正是贯通东西南北四方要塞的一个重要军事据点。明清时期，官府的残酷统治，导致许多苗民起义，苗汉之争也此起彼伏。于是，官府干脆将"生苗"与"熟苗"、苗民与汉人隔离开来，既限制苗民进入汉区，又防止内地客民流入苗区。三百多年，营盘寨只驻扎官兵，不住百姓。直到辛亥革命后，兵营历史才结束。民国时期，湘黔山区土匪成群，为了躲避战乱，寨子附近的居民纷纷逃到或者说回到这座有军事防御功能的寨子里。他们又就地取材，用石头砌垒自己安身的房子和院落，直到成为营盘寨真正的主人。

时间渐渐显示了温柔宽厚的一面，征战和硝烟停歇下来，一座少数民族风情浓郁的苗寨渐次呈现在世人眼前。当然，这里也不是完全居住着苗民，一部分当年驻扎在这里的军人后裔也留了下来，共同形成一座苗汉错居的村寨，也有许多人走出山村，往山外的大世界走去了。村子里人不多，也就二百多人，姓氏却有五十多种。寨子里的四口水井，既滋养着苗民，也哺育着汉人。他们在这个石头构筑的世界里，早已握手言欢，你中有我，我中有你，一起营造出一个岁月静好、和谐交融的美好现世。

在一处开阔的地方，身姿灵巧的苗族女子擂动大鼓，为客人跳起了竹竿舞。那欢快的节奏、轻盈的舞步，在腾挪中将她们对生活的欢喜流露出来。然后，一位男子表演用秤杆提米，又一位男子表演吞火。我听不懂他们翕动的嘴唇里念出的是什么咒语，也不懂是什么样的力量帮助他们完成了人力所不能为之事。在此之前，我见过上刀山下火海的畲族同胞，同样不懂得其中的奥妙。只是有一种古老而神秘的力量，吸引着我，令我为之神往，又为之心存敬畏。

午饭时间到了，我走进一座宽大的厅堂，等待一顿苗家的午餐。而我并不急于坐下来，信步踱至厨房，看苗家的女人在石砌的灶前将柴火烧得旺旺的，她们将从田垄上拔回来洗干净的青菜倒进大铁锅里，滋滋地冒着热气。这样的苗家土菜，还没上桌便已觉口舌生津。直到煮好的饭菜一盘盘端出厨房，我才跟着走出来。回头看厨房低低的屋顶上，袅袅炊烟还在一缕缕升起，心中便有一种愉悦缓缓地涌出。

　　曾经被兵战主宰的营盘寨，一日三餐周而复始地升起了温暖的烟火。天地辽阔，再没有什么可以夺走人们的安乐日常了。人间的幸福，莫过如此。

古老的居所

烟火土楼

木门那么旧，条石那么光滑，从门槛一步跨进去，一座四方小院向我铺展开了土楼的烟火日常。来之前，我就想，唯有住进一幢真正的土楼，才算进入了塔下村的亘古内心和生活秩序。于是，这个夜晚，这幢名叫南山楼的古老土楼，有了一间容留我的屋子。

南山楼，乍听其名，让我不由得想起陶渊明的"悠然见南山"来，想必，筑楼者亦是个读书之人，有隐居避世的风雅情怀。土楼不高，这是一幢方楼，面积不算太大。三层的土木结构，外墙足有两三米厚，仅一门可入，防备级别可谓不低。民宿总是讲究情调的，一枝玫瑰、一个竹篓、一道草帘，每一小件物品都倾注着主人的匠心。室内温馨，而一墙之隔的室外，却充溢着原生态的野味。从房屋的窗玻璃望出去，一座山矗立在对面，树木森森，茅草随风左右摇摆。背后倚靠着山，前面望得见水，土楼的方位果真浸透了客家人的风水哲学。

绕着小院转一圈，尽是农家的陈设与布局。房屋一间挨着一间，一楼多是厨房饭厅，中间一个大大的四方天井，傍晚的光从天井上投射下来，不偏不倚地均匀涂上每一户人家的每一扇门窗。通往二楼三楼，须经过木质楼梯，踩在上面嘎吱嘎吱地响，仿佛要通往年代久远的过去。站在三楼的木质阳台上，仰望四角的天空，深蓝色的天幕如此澄澈，宁静光滑得宛如丝绒做成。从高处俯视小院，则家家户户的光景一目了然。妇女在厨房和洗菜台前来回穿梭，准备晚饭；婴儿在摇篮里咿咿呀呀，兀自欢乐；男人则在敞开的起居室里泡起了茶，自斟自饮。

我看见每户人家门前都有一盘小小的石磨，还保留着湿润的气息。它们一定每天都在欢快地转动，流出洁白的豆浆、米浆，滋养着土楼人的胃。公用的院坝上，随意堆放着从地里新挖回的红薯、芋子。不消说，这些自己栽种的粗粮，也一日一日地端上他们的餐桌。一块青石、一盆绿植、一丛半开半合的花，甚至一把将倒未倒的扫帚，都显得那么自然、那么亲切。这就是我幼年时无比熟悉的乡村生活啊。这时候，一群鸭子摇摇摆摆地排着队自大门而入，回到了它们的居所。我知道，夜晚来临了。

夜色四合，红灯笼渐次点亮，我迫不及待地从南山楼走出来，去嗅那山风送来的清气，去听那叮叮咚咚的水声。一路随意闲走，岔道颇多，却总能得到村民的善意指点。一股浓郁的茶叶香气勾得我朝前走了又走，原来是一位村民正在用机器压制茶饼。茶民好心，将压制过程又向我演示了一遍，并热情地答疑解惑。茶树就栽在村庄的后山上，茶叶是自己采下来的。制出来的茶，自己喝，也出口到南洋。是的，塔下村是著名的华侨村，村庄里多有漂洋过海的成功人士。这些茶运到那里，便泡出了他们日思夜想的家乡味道，也慰藉了他们难解的乡愁。正如此刻，我行走在这座客家风情浓郁的村庄里，难免想起离别多年的故乡。

穿行往复，便大致弄清了塔下村的格局。所有的房屋、田地、校舍、宗祠，无不依着一条河而筑。在两山相对的一座峡谷里，一条洁净的溪流淙淙潺潺地纵贯其间，圆楼、方楼、吊脚楼错杂有序地排列两岸，石拱桥和水中的跳石连通着两岸的往来。屋子的后面是山，山间开垦农田。从1426年到今天，千百年来，张姓客家人沿着溪流的两岸，建造家园、种植粮食、生儿育女、繁衍生息，形成了依水而居的天然带状布局。溪水滋养了河流里的鱼虾，也滋养了山地上的庄稼，更滋养了塔下村的人。可以说，流水便是塔下村的灵魂。

十月的南靖，仍沿袭着夏天的温度，一件薄薄的白上衣，一条长长的黑裙子，连同不用精心梳理的长头发，一齐领受着山风的轻抚。饿了，寻一家小客栈，色泽可人的小炒里，有一盘我最喜爱的溪鱼，味道鲜美无比。我猜，一定是这清泠泠的河水，才将它们滋养得如此丰腴、如此鲜嫩。饭后，伏在一座石拱桥上，看远近星星点点的灯火，听桥下哗啦哗啦的流水声，想怎么也想不完的心事，忽觉人生一世，惬意不过如此。

这时，天空忽然飘起细细的雨丝来，星星和月亮皆默默地藏起来了。站在桥的中央，前面树影摇曳，背后屋舍俨然，村庄深陷于黑魆魆的仿佛地老天荒的宁静中，静得好像一条船停靠在了时间的永恒处。不知道为什么，突然想唱歌，轻轻地唱，和着雨丝儿唱，在风中唱。这样的夜晚，最适合怀念往事，回到那逝去的青春，将一重一重的浪漫重新打开。同伴拉着我的手，在风中轻轻地跑起来。我们的白衬衫在风中鼓荡着，像两只风筝，带着我们飞呀飞，飞到那梦幻的天空中。

是夜，我在异乡的土楼安寝，四周一片阒静，没有什么惊扰过我的好梦，甚至连秋虫的鸣叫也没有。我仿佛真正回到了阔别已久的故乡。

画里宏村

我仿佛是一个由魔术师选中的人,轻易就被攫进了一幅画里。长发、草帽、黑白格裙子的是我,迈着轻柔而缓慢步子的也是我。我将顺水而行,在鹅卵石铺就的小径上,看见水中的倒影。她随着我顾盼、前行,又和我一样,生怕一不小心就惊动了一个古老的秘密。

那么多人先于我抵达宏村,他们支上画板坐在水边,像垂柳一般安定和静默。一幢房子、一丛荷花、一座石拱桥、一排倒影……便各得其所地被安放在一张张白纸上。我站在旁边看他们作画,感觉人和画又都进入了更大的一幅画中。回过头来,一条田园犬躺在树荫下,睡得憨然而恣肆。

临水而望,远处青山绵延,拥抱着整座村庄。青山是绿的,南湖是绿的,屋瓦是灰的,外墙是白的,只有流动的行人是色彩斑斓的。村落中,许多高大的树木早已高过了屋子的头顶;拱桥边,茂盛的水草正往南湖中央扩散。生长的仍在生长,古老的愈发古老。

像一面巨大的镜子,南湖照见了时间的深远和个体的微小。明万历年间凿田建湖的人,如今去了哪里?有怎样情趣的人,会将村落当成风景来营造?他们热爱南方的清丽,并一同成就了徽派建筑的辉煌。我猜想,他们一定是衣食丰足的。足而思雅趣，足而寻秀色。足，所以舍得百亩良田，所以给湖水更宽阔的空间。

这时候，一团一团灰色的云从天空中压下来，好像急切地要融入这幅水墨宏村画似的。会不会来一场夏天的急雨呢？南湖只是静静地舒展着面容，连一丝细纹也不让人捕捉到。它安静了，宏村就安静了，人们的心也安静了。

阳光收敛了夏日的威势，我需要穿过一座石拱桥，才能真正贴近宏村，贴近那些陈年而又庄重的气息。屋檐下，红灯笼也有些旧了，然而正契合这洇染一般的黑与白。无论往东边看，还是往西边看，村庄都是恬静自足的。宅子以倒影跌落湖中，好像只是凭空多了几丈身长。事实上，没有什么是不被南湖包容和收纳的，包括竹竿上晾晒的几件蓝布长衫，包括我此刻的冥思遐想。

不经意间，我就撞进了一幢老宅。它叫南湖书院，敞开的大门，像许多年前那样，迎接前来聆听讲学的人。坐在听讲者的启蒙阁里的位置上，声息要轻，内心要虔敬。我望见原木的挑梁上，有高悬的匾额，"志道堂"三个端肃大字，散发着时间的味道。多少年过去，谁曾在这里声情并茂，谁又曾在这里屏息凝神？学问和思想的传播，仿佛只在那一俯一仰之间，然而内里又暗藏着多少乾坤。我没看见的，在这里站了多年的两根老梁柱都替我看见了；我没听见的，那来了又去的风都替我听见了。

　　我还需要跨过一道高高的门槛，并小心地遵循着男左女右的规则，才得以一脚迈入宽和堂。一位壮硕的妇女将我挤到了一个角落，我并没有生气。和谐、宽容、和鸣天下……那厅堂中的对联，那木门上的雕花，那木建筑中每一个衔接紧密的楔、榫、卯，都告诉我了。"承先祖德当从宽处积，传子孙福须在和中求。"这一副对联出自谁的手笔，已经无从知晓。我只知道，有那么多的荷花开在南湖中，开在木头上，还开在宏村人的心里。和（荷），已然是宏村积淀多年的精神内涵了。

　　坐在傍云堂的天井里看天的旧时人，如今全都不见了踪影。那些老人、孩子、妇女，守着金碧辉煌的屋宇，却不敢开启一扇窗户，他们是否拥有了真正的幸福？外出经商的人，带回丰厚的财富，迎接他们的，是温暖如初的爱情与亲情，还是陌生而躲闪的目光？屋内的一幅百忍图，似乎早已道破了其中玄机。造屋人讲究，将许多经典故事刻进了木雕，繁复又不失耐心。故事中的人和傍云堂的人，在日日相看中，也许早已合二为一。在天井下望着头顶那一片小小的天空，忽然庆幸自己不是他们中的任何一个。我虽不富有，却可在大江南北四处行走，安之若素。

　　宏村是水做的。一条条大大小小的溪水缠绕在房前屋后，温柔、恒久又多情。循着水流的方向，穿石巷而行，水波漾漾的月塘便显露了身姿。比之南湖,她更像一个小家碧玉。半月的外形,更显其婉约与柔媚。阴阳和谐,自古是人类繁衍生存之道。水引自西溪,明永乐年间,宏村七十六世祖汪思齐的一次勘定,成就了六百年的月塘和汪家人世代亲水的生活。他们在这里,隔绝火患,啜饮清流,并涤净身体和灵魂的尘垢。

我就站在月塘边,依偎着我的爱人。他愿意领我进入世俗,又随时保管我从青春貌美到从容老去的样子。我看见月塘映现着我们,也映现着旧宅深院,像映现着六百年的旧时光和人世的地老天荒。在水的那边,还有我们的孩子,还有孩子咯咯的笑。总是这样,一代一代的人,像长流的水一样,没有尽头,也无需尽头。譬如古人的智慧,譬如今天的宏村,譬如被称作世界文化遗产的众多皖南古村落。

一爿名为布衣的小店,静静地候在月塘一隅。没有店家的倚门而候,也没有招徕顾客的一丝声响,只有门是开着的,仿佛你来或者不来,主人都只是安静地裁制布衣。门口的青石上,两盆指甲花正打开粉色的花瓣。我跨过窄小光滑的大理石门槛,轻易就爱上了一件手工制作的旗袍。我爱它青布、蜡染,素得像一朵淡远的兰。

我想穿上这件旗袍,从宏村走出去,就像将一幅画无限地延伸,延伸——朝向天地的无尽处。

轻些，不要惊着培田

八百年的光阴，淡去了多少人世更替。培田，你依然如许安静地偏居于连城的一隅，像一位超凡脱尘的女子，不施粉黛，周身却透着欲抑还扬的迷人韵致。我不知道，是明时的风，还是清时的雨，点染了你入骨的柔媚，润泽了你丰沛的内心。我只知道，此刻，我必须爱上你，这是一件不容商量的事情。

这时候，我的脚步是轻的，我的呼吸是轻的，我的话语是轻的，连同我的心跳和脉动，也都是轻的。我不愿意惊着你，真的。"静女其姝，俟我於城隅。"此刻，我想象自己是一个从《诗经》中走出来的女子，身着旗袍，发丝在风中轻轻地飘扬，和你一样有着古典纯净的美，和你一样，愿意倾其一生，等待一个自城边走来的心上人。

我不愿意惊着村头那一座静默的青石牌坊，不愿意惊着它的"恩荣"。是的，它见证过培田的辉煌：从乾隆到光绪三十年，一百多个状元、榜眼、翰林、进士、秀才从这里走出；民国年间，学子们的脚步更是从这儿踏向遥远的日本、法国，其中还有一位周恩来总理的同窗。繁华与喧嚣终将远去，余下的，是沧桑，是绵长的岁月，是牌坊上斑驳的浮雕。

淡远的天空中，白云一朵一朵轻悠悠地飘；浓绿的竹荫下，古老的水车停止了旋转；已经收割的稻田里，金黄的禾苑一茬一茬地等在秋风中；山脚下，荷池里的莲叶早忘记了起舞……我不禁要轻叹这盟誓般的不约而同，莫非它们也心有灵犀，不愿意惊着了培田的内心？

　　我不愿意惊着那一座座古朴的祠堂，不愿意惊着绵延了八百年的威严。我见过一百多层的高楼大厦，见过横亘几百米的回廊曲檐，却未能见过如它这样从骨子里透出来的庄严。那是一种怎样庄重的威仪，它震慑着你的灵魂，让你倾情于那青的砖、黛的瓦、木的门，被一种古老的幽思攫住。我仿佛能看见吴氏的先祖，立于官厅之中，拱着双手，迎进一批又一批身着朝服，腆着肚子的大小官员。他们斟酒饮茶，谈笑风生，而如我这般的小女子，只有远远地屏气凝神，唯恐惊扰了男人们的大事。

　　现在，我就站在张着嘴的石狮子旁边，望屋顶的飞檐翘角、墙上的镂空窗格。我还可以随意踏进前厅、后厅、花厅，可以沿着深深的天井、曲折的通道，一直走进任意一间大屋和小屋。我不再被封闭在耸立的高墙内，在那个宽约三尺的水圳边洗濯我的衣物，也不必将步履缠绕在永远也走不出的九厅十八井中。时光剥落了墙面的油漆，也剥落了历史深处的记忆。御赐的龙纹华表还在，风流才子纪晓岚题写的牌匾"渤水蜚英"也还在，而吴氏一门八百年的生老病死、兴衰荣辱却含在石狮子的嘴里，欲诉还休。

我不愿意惊着幽深如斯的千米古街，不愿意惊着它的清静与孤寂。脚底下的青石路，嵌含着数亿粒光滑的鹅卵石，它们是一只只含情脉脉的眼睛，仍保留着最初的纯美和羞涩。我竟至于害怕与它们对视，害怕面对那一缕缕投射过来的乌油油的光。总是这样，看尽了一览无余的袒露，最后只有那一抹羞涩最为动人。那些由鹅卵石精心镶嵌而成的精致图案随处可见，每一处都彰显着主人的用心。我曾无数次地设想，如若有一个人，愿意和我一同耐下性子，经营生活的每一个细节，让生命中的每一天，都似培田这般的恬静与闲适，那将是何等幸福。

街道边，有水圳一路相依相随。沟渠内，清可见底的溪水缓缓流淌。回想多少年前，必有一群扭摆着腰身的女人从拱形的大门里走出，蹲在水边，洗菜淘米，闲话家常。然后，炊烟将从这一条条曲折的古街上袅袅升起，饭菜的香味从这一家窜至那一家。木桌上，总是摆着几把精致的壶，壶里盛着甘甜的清茶和米酒。男人喜好把酒论书，女人则不动声色地将空了的杯盏满上，多少个安然的日子就这样从水边流过。

我不愿意惊着一个挑担的老人，不愿意惊着他担子里的地瓜。这个世界上，也许只有他们还会用最原始的手艺，经过蒸蒸晒晒一道一道重复的工序制作地瓜干。这个世界上，也许只有培田，还没有被尘世的喧嚣污染，能够容许我安静地行走、安静地谛听，容许我将穿越历史的雍容与持重，一丝一丝地渗入肌肤。

轻些，再轻些，不要惊着培田。

河流漫过日常

出 品 人	郭文礼	选题策划	刘文飞	责任编辑	左树涛
复 审	马 峻	终 审	刘文飞	装帧设计	张永文
印装监制	郭 勇	项目运营	有度文化·刘文飞工作室		

投稿邮箱｜liuwenfei0223@163.com

微 博｜http://weibo.com/liuwenfei0223　微信公众号｜YOUDU_CULTURE